concerto 協奏曲

愁堂れな

幻冬舎ルチル文庫

CONTENTS

✦目次✦

concerto 協奏曲

✦カバーデザイン＝清水香苗（CoCo.Design）
✦ブックデザイン＝まるか工房

イラスト・水名瀬雅良✦

Summer vacation

「長瀬《ながせ》、お前夏休みってどうする？」

結局昨夜もここ、築地にある桐生《きりゅう》のマンションに泊まってしまった。眠い目を擦《こす》りながら、毎朝七時には家を出るという彼に付き合って起きはしたが、まだ僕は半分寝ているような状態で、桐生の淹《い》れてくれたコーヒーを前にぼんやりしていた。

桐生は早々に支度を済ませ、今、まさに椅子《いす》から立ち上がり、上着を羽織《はお》ったところだったのだが、その彼が不意に問いかけてきたのに、僕は一瞬、彼が何を言ったのか理解することができずにただ彼を見上げてしまった。

「……え？」

「…………」

桐生は自分の問いに答えるどころか、阿呆《あほう》のようにぼんやりと問い返した僕を見て一瞬端整な眉《まゆ》を顰《ひそ》めたが——ぼんやりしているのは、昨夜の行為がキツすぎたせいだ。桐生が出かけたあと、あと一時間は寝てから会社に行こうと実は僕は思っていた——すぐに、まあいいか、というように肩を竦《すく》めると「それじゃ、行ってくる」とそのまま玄関へと向かっていった。

夏休み——？　ようやく僕は何を問いかけられたのかを理解し、慌てて彼のあとを追うと、靴を履《は》く背中に声をかけた。

「桐生は？　夏休みって決まってるのか？」

僕の会社は――以前の桐生の勤め先でもあるのだけれど――全社的な『夏期休暇』はなく、各自が自由に申請することになっている。桐生の社はどうなのかな、と思い問いかけると、桐生はちら、と僕を振り返り短く答えた。

「八月中二週間」

「え？」

そんなに？　と目を見開いた僕の腰に彼の手が回り、抱き寄せられたと同時に唇を塞《ふさ》がれる。

「……っ」

痛いくらいに舌を吸われる濃厚なキスに、僕の身体《からだ》はびく、と震えた。気怠《けだる》さに包まれていた身体の芯《しん》に、昨夜の名残の熱が直《す》ぐに灯《とも》り、ぞわりとした感触が下半身に集まってくる。

それを見越したように桐生は更にぐい、と僕の身体を自分へと引き寄せ、勃《た》ちかけた僕の雄の感触を確かめると、にやりと笑って唇を離した。

「続きは夜な」

己の唇を軽く指先で拭《ぬぐ》う仕草に思わず見惚《みと》れてしまう。が、彼がそれじゃ、と踵《きびす》を返しドアを開いたとき、そういや『夏休み』を聞かれていたんだった、と僕は今更のように思い出し、ドアを出かけた彼の背に向かい、随分と遅れた回答をした。

「全然決めてないけど」

桐生の足が一瞬止まり、半身だけ振り返った彼が、意地悪く僕の下肢を見て笑う。

「そっちだけじゃなく頭もようやく目覚めたか」

「酷《ひど》いな」

憮然《ぶぜん》としてみせた僕の顔を見て桐生はまた笑うと、「考えておいてくれ」と言い残し、そのままドアを出て行った。

夏休み、か。

そういえば来月ボーナスも出るしな、と思いながらリビングへと引き返し、飲みさしのコーヒーを一気に呷《あお》る。さっきまであれほど眠かったはずなのに、すっかり頭が冴《さ》えてしまっていた。

「……夏休み、か」

もう一度そう呟《つぶや》くと、僕は浮き立つ気持ちのままに、いかにして課長に連続最長五日間の有休を申請するかと、気の早い根回しを考え始めた。

野島《のじま》課長への夏休み申請の照準を、僕はボーナス支給日の六月二十日に合わせた。管理職のボーナスは今回も激減しているらしいが、そうは言ってもやはりサラリーマン、ボーナス日には自然と気分が昂揚《こうよう》するに違いない。その浮かれ気分のどさくさに紛《まぎ》れて、八月のお盆の時に一週間休む、と早速申し出てしまおうと考えたのだ。

入社して四年、社内規程で認められているとはいえ、今まで夏休みに五連休など申請したことがなかった。

自動車は結構休みやすいという話を以前田中《たなか》に聞いたことを頼りに——その田中は今月一日の辞令でメキシコシティへの駐在がいよいよ正式に決まった。二週間の引継ぎを終え、今は神田の外国語スクールでスペイン語を学んでいる。ビザの関係もあり、実際に赴任するのは八月くらいだろうという話で、それまでは送別会もお預けになっていた——僕はアシスタントの女の子や、今年入った新人にこっそりと根回しをしつつ、ボーナス日を待った。

昔はボーナスは部長が全員に「よくやった」の意味をこめて明細を直接手渡したものだが、最近では社内イントラの画面でその金額を見るだけになって、有難味《ありがたみ》がだんだんと薄れてきた、などと零《こぼ》してはいたが、やはり野島課長はその日ご機嫌だった。

夜、部内の若手を連れて、『ヤスアカ』こと、リーズナブルな方の赤坂飯店に繰り出した彼に、僕は言うのは今だ、と隣のポジションを確保すると、こそっと囁《ささや》いた。

「実は夏に一週間休みたいんですが」

「なにぃ？　もう夏休みの相談だとお？」

酔っ払った野島課長が大きな声を上げたせいで、周囲の注目が一気に集まる。

「なになに、長瀬、お前、いつ休むんだよ」

逆隣に座っていた秋本《あきもと》先輩が、僕の背中をどやしつけ、問いかけてくる。

「八月の……お盆のときにしようかなと……」

「お盆～？」

途端に周囲がブーイングに包まれた。前にいた部署では、世間一般の『夏休み』であるこの時期は、どこへ行っても混雑している上にツアーなどの代金も高いという理由で、どちらかというと皆が休みをとるのを敬遠しがちだったのだが、自動車ではメーカーが休みのお盆のときに、休みをとりたい者が集中するということを、僕はこの場で初めて知らされ、マズかったかな、と冷や汗をかいた。

「なんだよ、もう決定か？」

秋本先輩が嫌味な口調で確認を取る。

「できれば……」

頭を下げはしたが、もともと彼とは仕事の絡みがないから、僕が出社しようが休もうが関係ないはずだった。それなのになぜこんなに絡んでくるのだろう、と僕は心の中で首を傾《かし》げながらも、そんな素振《そぶ》りはおくびにも出さず、その場で先輩をはじめ皆に向かって、再び頭を下げた。

「申し訳ないんですが……」

「いいじゃないか。早い者勝ちだ。秋本、お前七月に休むって申請、もう出してるじゃないか」

そんな僕の背をバン、と大きな音を立てて叩《たた》き、野島課長が明るく言い放ってくれたおかげで、場のムードが一気に和《なご》んだ。

「なんだよ、秋本、お前、自分はもう休みとってるくせに、長瀬に絡むなよな」

隣の課の、秋本先輩とは同期の松井《まつい》先輩が、茶々を入れる。

「そうそう、第一お前、関係ねえじゃん。ライン、違うんだろ？」

僕と同じ課の石田《いしだ》先輩もまたフォローしてくれたその横で、

「僕、お盆は休まないので大丈夫です」

新人の小澤《おざわ》がきっちり根回しの成果を発揮してくれ、

「なんだ、根回し済みか。ちゃっかりしてるな」

最後には野島課長がそう笑って、僕の夏休みはなんとか周囲の了解を得たのだった。

「すみません」

ひたすら恐縮する僕に、野島課長や石田先輩、それに松井先輩らが皆して、面白がって問いかけてくる。

「なになに？　どこ行くんだよ？」

「お盆は高いぞ。海外か？」

そういえば桐生は休みをどこで過ごそうと考えているんだろう、と僕は今更のことを思いながら、

「誰と行くんだよ」

「彼女か？　長瀬、お前、彼女いるの？」

段々と激しくなってくる皆の追及をかわすのに、随分苦労してしまったのだった。

夏休みをネタにあれから二軒、三軒と付き合わされ、ようやく皆から解放されたのは、もう深夜二時を回った頃だった。

幸い同じ寮は新人の小澤だけだったので「悪い」と彼をタクシーに押し込み、僕は別のタクシーに乗り込むと、築地の桐生のマンションへと向かった。

別に今日、彼の家を訪ねなければならない理由はなかった。が、夏休みを無事に申請できたことを早く彼に伝えたく――それも直接顔を見て伝えたくなってしまったのだ。

寝ているかな、と思いながら一応インターホンを押すと、

『はい』

不機嫌にしか聞こえない桐生の声が応えた。

「寝てた？」

ごめん、と謝った途端にオートロックのエントランスが開き、僕は足早にエレベーターホールへと向かい彼の部屋を目指した。

桐生はまだ起きていた。聞けば先ほど帰宅したところなのだという。

「酔っ払いが」

ドアを開けた僕に向かって顔を顰《しか》めてみせた彼は、素面《しらふ》のようだった。

「ごめん」

再び謝罪しキッチンへ水を飲みに行こうとした僕の身体を、桐生が後ろから抱き締めてくる。

「なに？」

振り返りざま唇を塞がれる。熱い唇の感触に足がふらつき、僕はそのまま彼の胸へと身体を預けた。貪《むさぼ》るようなキスをしながら、桐生は玄関先だというのに乱暴なくらいの所作《しょさ》で僕のネクタイをまず外し、それからシャツを、そしてベルトを、スラックスを、次々と僕の身体から剝《は》ぎ取ってゆく。

僕の頭にちらと、明日も同じスーツを着なければいけないんだけどな、という考えが浮かんだが、だからといって彼から逃れる気にはならなかった。

あっという間に全裸にされた僕は彼に抱き上げられてそのまま寝室へと運ばれ、ベッドの上で彼が服を脱ぐのをぼんやりと見上げていた。

「……接待？」

全裸になった桐生が、僕に覆《おお》い被《かぶ》さりながら問いかけてくる。

「……いや、部内。ボーナスが出たんだ」

彼の背へと両腕を回し答えると、桐生はほう、と一瞬目を見開いたあと、にやりと笑った。

「そりゃ、おめでとう」

「どうせ僕のボーナスなんてたかが知れてるよ」

桐生の収入ははっきりとは知らないが、この生活ぶりからしても僕とは雲泥《うんでい》の差なんだろう。一応サラリーマンの端くれとして拗《す》ねてみせると、

「誰もそんなことは言ってないだろ」

桐生は苦笑し、唇を首筋に這《は》わせてきた。

「ん……」

酔いのせいで敏感になっているのか、こんなちょっとした刺激にも、びくりと身体が震えてしまう。きつく肌を吸い上げながら桐生が胸の突起を親指の腹で擦り上げてきた、それだけで僕は昂《たか》まる気持ちを抑えられなくなって彼の背にしがみついてしまい、「気が早いな」と桐生から失笑を買った。

確かに自分があまりにがっついているようで恥ずかしくなり、僕は己の欲情を思考に紛ら

わせようと、彼に話しかけることにした。

「そうだ……夏休み、八月にとったよ」

「へえ」

桐生が驚いたように顔を上げたあと「よくとれたな」と笑ってまた僕の胸を掌《てのひら》で擦った。

「……うん……っ」

喘《あえ》いでしまいそうになるのを堪《こら》え、彼の動きを止めようとしてまた話しかける。

「……どこへ行こう？」

「……そうだな……」

桐生は身体を起こすと、一瞬宙を見るようにして黙り込んだ。彼の手も止まってくれたことにほっとしつつ僕はもう一度、

「一週間……土日を入れて連続九日間。こんなに休んだことはなかったけど、どこへ行こう？」

と問いかけ、彼を見上げた。

「そうだな……」

行き先のあてがあるのかないのか、桐生はまた同じ相槌《あいづち》を打ったあと、何を思いついたのか、にやり、と笑って僕を見下ろした。

「どこでもまあ、一緒だけどな」

意味不明のことを言い、再び唇を僕の首筋へと下ろしてきた彼が、片手を僕の下肢へと伸ばし、膝《ひざ》で両脚の間を割りながら僕自身を握り込む。

「一緒？」

まだ会話は終わってないし、と彼の手から逃れようと身体を捩《よじ》った僕の動きを、桐生は圧《の》し掛かるようにして制し、

「やることは、な」

そう言ったかと思うといきなり僕を扱《しご》き上げた。

「……やっ」

「……一週間、ここでこうしていても、飽きない気もするけどな」

堪らず唇から漏れた僕の高い声にかぶせ、桐生がとんでもないことを言ってくる。

「うそ……っ」

冗談にはとても聞こえない彼の口調に、慌てた声を上げた僕を桐生は見下ろし、それは楽しそうな笑い声を上げたあとに、『冗談』ではすまない行為へと僕を導いていった。

翌朝、いつまでも起きようとしない僕を放置し、桐生はさっさと一人シャワーを浴びると、

いつもどおり七時には部屋を出て行った。

「遅刻するなよ」

出しなにそう声をかけてくれたのは彼らしくない親切な行為ではあったが、僕がこうも消耗しているのは、自分のせいだという自覚があったのかもしれない。

昨夜、彼に焦《じ》らしに焦らされた挙句《あげく》に執拗《しつよう》に前後を攻められ、殆《ほとん》ど気を失うようにしてその腕の中に倒れ込んでから、まだ二時間と経《た》っていない。僕は起き上がることもできないくらいに疲れ果てているというのに、なぜに桐生は颯爽《さっそう》と仕事に出かけることができるのだろう――二人の体力の差をこれでもかというほどに思い知らされ、僕の口から溜《た》め息《いき》が漏《も》れる。

『どこに行こうか』

時折くすり、と笑いながら、僕の耳に囁いていた桐生の明るい声が蘇《よみがえ》る。

桐生は疲れているときが一番素直で雄弁だ。疲労がピークに達すると彼は妙にハイテンションになる。そういうときはセックスも普段よりやけにしつこく、早く寝なければ、と口では言いながらもなかなか僕の身体を離そうとしない。

そんな桐生を僕は決して嫌いではないのだけれど、同じように自分も疲れているときは体力的にキツくはあった。

一体桐生のバイタリティはどこからくるのだろうと疑問に思い、本人に尋ねたこともあったが、桐生は、

「お前とのセックス」

などとふざけた答えを返しただけで、真剣に取り合ってもくれなかった。

もともと体育会ゴルフ部で、身体も鍛《きた》えているのだろうけど、それにしてもあまりに彼はタフすぎる。

これから本当に彼と一緒に暮らすようになるんだったら、僕も色々な意味で身体を鍛えなければならないな、などと、朝から馬鹿馬鹿《ばかばか》しいことを考えてしまうのも、気怠い身体とぼんやりした頭を持て余していたせいだった。

目覚ましのベルは、あっという間に八時を告げ、僕は少しも回復しない体力を搾《しぼ》り出すようにしてなんとかベッドから抜け出すと、全裸のままシャワーを浴びに行った。

手早く浴び終え、一旦リビングに戻りかけたものの、喉《のど》の渇きを覚えてキッチンへと向かう。

そういえば昨日、水を飲みに行こうとしたところを彼に抱き寄せられたのだった、と僕は思い出し――自分がスーツを玄関先で脱がされたまま放置したことも同時に思い出した。

最近は頻繁に桐生の家に泊まっていたので、下着やシャツはキープしてあったが、スーツは流石《さすが》にまだ持ち込めていなかった。よれよれのスーツで出社しなければならない自分の馬鹿さ加減に溜め息をつきつつ、スーツを捜し――意外にも、きちんとハンガーにかけられていたそれを見つけた。

まさか桐生がやってくれたのかな、と、思いながら手にとると、ポケットに何か入っている。エアチケットだ、ということがわかって慌てて僕はそれを取り出し、中身を開いた。

『NARITA／PAPEETE』

パペーテ？

ぼんやりした頭では、すぐにどこ、と地名がわからなかった。AIR TAHITI NUI、という航空会社を見て、漸《ようや》くそれがタヒチの首都だと気づく。

タヒチ——タヒチ？？

なぜタヒチなんだ？ という疑問が頭を擡《もた》げるより前に、クラスを見て驚いた。ビジネスクラスじゃないか。これじゃ、往復のAIRだけでもボーナスの大半は吹っ飛んでしまう、と僕は慌てて随分前に桐生が出て行ったドアを見やった。

人になんの相談もなく、行き先を決めていたなんて。しかも普通のサラリーマンの僕には手の出ないビジネスクラスのチケットまですでに用意しているが、僕が休めることが決まったのは昨日なんだぞ。万が一、課長から駄目出しを喰《く》らっていたらどうするつもりだったんだろう——次々とそんな考えが浮かんできてはいたものの、僕は少しも自分が腹を立てていないことに気づいていた。

桐生は桐生で、この夏休みを楽しみにしているのだろう。エアチケットを予約し、こうして僕を驚かそうとスーツのポケットに突っ込んでおくなんていう演出をどんな顔をして彼がしたのかと思うだけで、なんだか笑えてきてしまう。

タヒチ、か。

僕はもう一度、チケットを見て微笑《ほほえ》むとそれを大切にまたスーツのポケットへと仕舞いこんだ。会社についたらネットでタヒチの気候でも調べよう、と思った途端、そろそろ出なければならない時間だということに気づき、慌てて支度を始めたのだった。

始業ギリギリにオフィスに駆け込んだ僕を真っ先に迎えてくれたのは、秋本先輩の嫌味な目線だった。

「なんだ長瀬、お前昨夜、寮に帰らなかったのかよ」

慌てたために、シャツは替えたがネクタイを替えるのを忘れてしまったのだ。それを目敏《めざと》く見つけ、周囲に聞こえよがしに問いかけてくる彼の言葉を、僕は曖昧《あいまい》に頷《うなず》いて流そうとしたのだが、先輩は今日も虫の居所が悪いらしかった。

「いいよなあ、カノジョと休みの相談か？」

昨日の話を蒸し返し、しつこく絡んでくる。一体何が彼の気に障《さわ》っているのだろうと心の中で首を傾《かし》げつつも、答えようがなかったために「すみません」と自分でもよくわからない謝罪をすると、パソコンの電源を入れ、机の上の電話メモにざっと目を通し始めた。

別に無視したつもりはなかったのだが、そんな僕の動作が秋本先輩を更に苛立《いらだ》たせたようで、

「最近お前、全然寮に帰ってないそうじゃないか。カノジョの家に入り浸るのもいいけど、後輩に示しがつかんだろう」

ますます嫌味な口調で僕に意見し始める。参ったな、と溜め息をつきかけたそのとき、いきなり背後で大きな声が響いた。

「いい加減にしとけよ？　お前には関係ないだろうが」

え、と思わず振り返ると直ぐ後ろに石田先輩が立っていた。目が合うと先輩はにっこりと笑い、僕の肩をぽん、と叩くと「コーヒー飲みに行こうぜ」と僕を誘った。

「……はい」

面倒見のいい石田先輩は、困っている僕を見かねて声をかけてくれたようだった。僕は彼の好意に甘えることにし、目の前で肩を竦める秋本先輩に軽く頭を下げると、石田先輩と共に、まだ営業前の社食へと向かった。

「ブラック？」

救いの神であるだけでなく、石田先輩はどうやら奢《おご》ってくれるつもりらしい。

「すみません」

「あまり気にするな。秋本、拗ねてるんだよ」

恐縮する僕に先輩は笑ってそう言うと、自動販売機のボタンを押した。

「はあ……」

拗ねる、というのはどういう意味なんだろう。よくわからないと思いながら、僕は先輩からコーヒーを受け取った。

「お前が後輩の小澤に休みの根回ししたときに、あいつ傍《そば》にいたろ？　まあ、俺もいたんだけどさ」

俺はアイスにしよう、と言いながら先輩は自分の分のボタンを押すと、

「お前が小澤にだけ休みのことを頼んで、自分に許可とらなかったことに拗ねてるんだよ。仕事関係ないんだから当たり前なのに、『同じ課の先輩に挨拶《あいさつ》がない』って馬鹿みたいなこと言ってるだけさ」

振り返ってそう笑い、僕に向かって片目を瞑《つぶ》ってみせた。

「……はあ」

同じ課の先輩に対し、配慮が足りなかったということなんだろうか。溜め息をつきかけた僕に、

「だから気にするなって」

石田先輩は明るく笑い、僕が持っていたコーヒーを零さないくらいの力で背を叩《たた》いた。

「すみません」

結局昨日も、石田先輩に助け舟を出して貰《もら》ったのだった。石田先輩は来年主任になる今年六年目の総合職で、会社のラグビー部の主将を務めており、豪快な外見に似合わぬ細やかな気遣《きづか》いを得意としていた。

面倒見がよく、彼を慕う後輩も数多い。異動してきたばかりの僕に色々と気を遣ってくれたのも彼だった。田中がラグビー部員だったので、普段田中と行動を共にしている僕にも何かと声をかけてくれ、ゴルフや飲みにも誘ってくれる。

秋本先輩は石田先輩の一年下の入社だが、一浪しているので年は同じだった。彼も決して悪い人ではないのだが、時折嫌味なことを言うので、神経も随分太くなってきた四年目の僕らの代はともかく、新人や二年目には敬遠されがちだった。

「まあ、たまにはかまってやってくれよ」

負担にならない程度でいいからな、と冗談のような本気のようなことを言って石田先輩は笑うと、話題を変え、笑顔のままで僕に尋ねてきた。

「そうそう、夏休み、行き先決まってるのか？」

「タヒチに行こうかと思ってるんです」

隠すのも何かなと思い、正直に答えると、「そりゃリッチだな」と石田先輩はオーバーに目を剝《む》いてみせた。

「お盆の時期じゃ、めちゃ高いだろう？　まさかカノジョの分までお前が出すってわけじゃないよな？」

「出せませんよ」

まあ、カノジョじゃないんだけど、と思いつつ答えた僕に、

「そうだよな。ボーナス下がったもんな」

石田先輩はそう言って笑い、そろそろ戻るか、といつの間にか飲みきっていたカップをゴミ箱へと放った。僕も慌てて冷めてしまったコーヒーを一気飲みしてカップを捨て、彼のあとに続いてエレベーターへと向かった。

「それにしても長瀬のカノジョってどんな子か、興味あるなあ」

エレベーターに乗り込むと、石田先輩が悪戯《いたずら》っぽく笑い、僕の顔を覗《のぞ》き込んできた。

「フツーですよ」

適当に誤魔化《ごまか》しながらも、実はちっとも『普通』なんかじゃない桐生の顔を思い浮かべ、僕は思わず笑ってしまった。

「……そんな顔されると、弱いねえ」

石田先輩が苦笑しながら僕の背を叩く。

「？」

意味がわからず見返す僕から先輩はなぜか目を逸《そ》らせると、

「さ、休みに向けて頑張ろうぜ」

再び僕の背をどやしつけるようにして叩き、僕に笑いかけてくれた。


今日はできるだけ早く仕事を切り上げ、桐生のマンションへ帰ろう――『帰る』というのもヘンだが――と、僕はいつも以上に真剣に仕事に勤《いそ》しんだ。

桐生に行き先をタヒチに決めた理由も聞きたかったし、エアチケットを予約し、発券して貰ったことの礼も言いたかった。

昨日も深夜二時過ぎに帰宅したほど多忙な彼が、いつの間にこんな手配をしていたんだろう。携帯に電話をしてしまおうかな、とも思ったが、彼の業務の妨げになってはいけないと、いつものように僕は我慢した。桐生には、電話はいつでもかけてくればいいと言われていたし、会社のメールアドレスも教えて貰ってはいたものの、どうしても遠慮してしまって僕から連絡を取ることは未《いま》だにできないでいるのだ。

『忙しいときは電話には出ないし、返信もしない』

だから気にせず電話でもメールでもしてこい、と桐生は言うのだけど、一総合職の僕とは違い、ウチで言うと次長クラスのあの滝来《たきらい》さんのような人を部下に持つ彼の会社でのポジシヨンを思うと、やはりプライベートで連絡を取るのはいかがなものか、と思ってしまう。

そういったわけで僕は自分から連絡を取りたいことがあった場合も、さんざん逡《しゅん》巡《じゅん》した挙句に、結局はアクションを起こせぬままに彼からの連絡を待ってしまうのだった。

今日も何かと業務に追い立てられ、気づけば時刻は午後八時を回っていた。終業後二時間以上過ぎてはいたが、まだ課員は全員席に残っている。適当なところで切り上げようと僕は決め、最後に一本、とメールを打ち始めたのだったが、

「おい、長瀬」

と課長に呼ばれ、彼の席へと歩み寄った。

「今、メールが来たんだけどな、C社のトップが八月に来日するらしいんだわ。そのアテンドをこっちで頼めないか、とトビーが言って来てるんだが……」

野島課長は開いたメールを目で追いながらそこまで言うと僕を見上げた。C社というのは僕の担当している客先で、トビーはアジア担当のGMだった。

「勿論《もちろん》俺も同行するが、お前も……」

野島課長は言いかけ、あ、と思いついた顔になった。

「そういやお前、夏休みとるんだったよな」

しまった、と言わんばかりの課長の声が響くのに、課員の視線が一気に僕に集中する。

「……いつ、なんです？」

もしやと思いつつ尋ねると、運の悪いことに僕のとりたかった休みときっちり予定が重なっていた。

「メーカーも休んでいるし、どこへ行くにもその頃日本はハイシーズンだから混《こ》んでるって言ってるんだが……」

野島課長は肩を竦めそう言うと、

「まあ、他の奴に頼むからいいさ。お前は英語も堪能だしちょうどいいかと思ったが、休みなら仕方がない」

気にするな、と笑ってくれた。

「申し訳ありません……」

謝罪し、席へと戻る僕の口から、思わず溜め息が漏れる。

お盆の、どこへ行っても人が溢《あふ》れているシーズンに、外人のアテンドを喜んでやる奴はいないだろう。実は高倍率だったという時期に休むだけでも顰《ひん》蹙《しゅく》なのに、更に周囲に迷惑をかけてしまうことになるのか——マズイなあと思う僕の口からまた溜め息が漏れた。

小澤は新人だし、その上それほど英語は得意じゃない。課内に僕より後輩は彼しかいないから、結局上の代の人にお願いすることになるな、と顔を上げた途端、斜め向かいの席の秋本先輩と目が合った。

また嫌味を言われるかな、と一瞬身構えたのがわかったのか、秋本先輩はじろ、と僕を睨《にら》んだあと、おもむろに立ち上がったかと思うと、つかつかと野島課長の方へと向かっていった。

「俺、行きますよ。アテンド」

「なに？」

突然そう言い出した彼に、野島課長も僕も、そして周囲も驚き、思わず彼へと目をやった。

「どうせお盆はヒマですしね。外人つれて観光地まわって、美味《うま》いもん食べて」

ラクなもんですよ、と秋本先輩は笑うと、ちら、と僕を見やり言葉を足した。

「準備はお前が休む前にやっておけよ」

「秋本さん……」

まさか先輩から言い出してくれるとは、と呆然《ぼうぜん》としていた僕の横から、

「お前もいいとこあるじゃん」

石田先輩がにやにやしながら茶々を入れる。

「石田さんよりゃ俺の方が英語も得意ですしね」

秋本先輩が嫌味っぽくそう言い返し、

「悪かったな。俺はどうせ体力採用さ」

石田先輩がわざと拗ねてみせ、周囲が笑いに湧《わ》いた。

昨日から休みのことでは散々絡んできた秋本先輩が、まさか自分から僕の代理を買ってで

てくれるなんて思ってもいなかった。僕は、彼が席へと戻るのを待ち「ありがとうございます」と改めて頭を下げた。

「土産《みやげ》、期待してるからな」

相変わらずの嫌味な口調ではあったが、先輩の顔はどこか照れているようにも見えた。会社も捨てたモンじゃないかもしれない——そんな温かな思いが僕の胸に広がってゆく。

「そろそろ帰るか」

野島課長が声をかけてきたのを合図に、皆ばたばたと机の上を片付け始める中、僕は慌てて打ちかけのメールを仕上げると、

「お先に失礼します」

と皆に声をかけ、浮き立つ気持ちそのままの弾む足取りで桐生のマンションへと向かった。

マンションには午後九時前に着いた。まだ帰っていないだろうな、と僕は自分で暗証番号を押してエントランスを抜け、エレベーターに乗り彼の部屋のある階のボタンを押した。

自然と手でスーツの内ポケットの辺りを押さえていることに気づき、僕は自分が相当浮かれていることを改めて自覚した。

まだ二ヶ月も先だというのに、僕の頭の中は桐生と過ごす夏休みのことでいっぱいだった。

タヒチ——タヒチか。どんなところなんだろう、と僕は高速で昇ってゆくエレベーターの階数表示を見ながら一人、この世の楽園ともいわれる南半球のその地に思いを馳《は》せた。

僕にとっては高級リゾート地という認識しかないその島を、どうして桐生はバカンスの場所に選んだのだろうか。桐生らしい選択といえばそうなのだが、いつものように何か彼なりの『こだわり』がある場所なんだろうか、と考えたところでエレベーターは三十八階に到着し、僕は彼の部屋へと向かった。

インターホンを鳴らさずキーをあけた途端、朝、消していったはずの明かりが点《つ》いていることに気づいた。

「桐生？」

もしかしてもう帰っているのか、と声をかけつつ、靴を脱いでリビングへと向かったが、室内は無人だった。寝室を覗いたが室内に入った形跡がない。シャワーかな、と思いながら僕はリビングへと引き返し、背もたれに桐生が脱ぎ捨てたらしい上着がかかっていたソファに身体を沈めた。

今更のように空腹感を覚えたのは、何も食べずに来てしまったからなのだが、桐生はもう夕食を済ませただろうか、と時計を見上げたとき、洗面所からバスタオルを腰に巻いた彼が現れ、僕を見て驚いた顔をした。

「なんだ、来てたのか」

髪から滴《したた》り落ちる雫《しずく》をタオルで拭いながら、桐生が僕へと近づいてくる。

「今日は早かったね」

ソファから立ち上がろうとする僕の上に覆い被さってくると桐生は、

「お互いにな」

と笑って唇を重ねてきた。触れるようなキスが、次第に熱を帯びてくる。拭いきれなかったシャワーの水滴が残る背中に腕を回しながら、普段は僕が全裸で彼が着衣のまま、というパターンが多いのにな、と気づき、思わずくすりと笑ってしまった。

「……なに？」

唇を僅《わず》かに離し、桐生が囁く。

「……なんでも……」

ない、と答えようとしたときには、僕はソファに押し倒されていた。

いきなり嚙《か》み付くようなキスを与えてきながら、桐生は手早く僕のベルトを外し、下着ごとスラックスを一気に引き下ろした。反射的に身体を捩って彼の手から逃れようとした僕の脚の間に膝を割り込ませると彼は僕に両脚を開かせ、片方をソファの背もたれへとかけさせた。

弾みで彼の上着が床へと落ちるのを目で追い、僕は尚《なお》も唇を重ねてこようとする彼の胸に手をやると、力いっぱい胸を押し上げた。

「ちょっと……」

「なに……？」

またも僅かに唇を離し、桐生が僕を見下ろし問い返す。が、彼の手は僕の双丘《そうきゅう》を割り、既《すで》に勃っていた彼自身をそこへと押しつけていた。

「……僕もシャワー……」

浴びたい、と言おうとしたのに桐生は聞く耳を持たず、僕の脚を摑《つか》んで更に高く上げさせると、無理やりに近い感じで雄を捻《ね》じ込んできた。

「……っ」

受け入れる準備もまだ出来ていないそこに乾いた痛みを感じ、苦痛に顔が歪《ゆが》む。

「悪い」

桐生は一応謝りはしたが、挿入を止《や》めはしなかった。ソファの背にかけさせた僕の片脚を自分の肩に担ぎ、そのまま一気に自身を埋《う》め込もうとする。

「……くっ……」

痛みに身を捩りながら僕は、まだ自分が上着すら脱いでいないことに今更のように気づいた。だが、明日また着なければならないのに皺《しわ》になるな、などと現実的なことを考えていられたのは一瞬だった。

一気に僕を貫《つらぬ》いたあと、桐生が腰をゆるやかに動かしながら、片手で雄を握り込み扱き上げる。ぴた、ぴた、と互いの脚の付け根が合わさる音のピッチが次第にあがって来る頃には下肢に感じる痛みは遠のき、崩《くず》れ落ちそうになるくらいの快楽が合わさる部位から背筋を這い上り、全身を満たしていった。

「あっ……」

ソファのクッションに爪《つめ》を立て、意識をつなぎとめようとしている僕の顔を覗き込み、桐生が身体を落とし唇を塞いでくる。

「きりゅ…っ」

しがみつく先を彼の背にかえ、抱き合う形になると、彼の激しい突き上げに合わせて自らも腰を振り、彼が僕の中で達したのと同時に、僕も達した。

「……お前、スーツ……」

荒い息の下、桐生が僕の腹の辺り、己の残滓《ざんし》に汚れた服を見下ろし苦笑する。

「……っ」

しまった、と思ったがもう遅かった。僕は半ば自棄《やけ》になりながら、更に強い力で桐生の背を両手両脚で抱き寄せると、少し驚いたように目を見開いた彼の唇を自分から塞いでいった。

「……そういや、メシ、食ったのか」

桐生が思い出したように問いかけてきたのは、結局あれからベッドに移動し、全裸で抱き合い何度も達し合ったあとだった。

「……いや……」

空腹感はすっかり消えていたが、かわりに倦怠感《けんたいかん》が僕の全身を覆っている。

「俺もだ」

桐生は苦笑すると、何かあったかな、と言いながら身体を起こし、僕を見下ろして、くすりと笑った。

「なに？」

「いや……」

問いかけた僕を見て桐生はまた笑うと、わけのわからないことを言い、僕の首を傾げさせた。

「突然お前が目の前に現れると、未だに我慢が出来なくなるな、と思ってな」

「どういう意味？」

「……メシくらいはまともに食おう、という意味さ」

桐生は更にわけのわからないことを言うと、僕の手を取りベッドから起き上がらせてくれた。

「食えるか？」

「食えない」

「食え」

「歩けるって」

食え、といわれても、と顔を顰める僕を桐生は抱き上げ、慌てる僕の声など全く無視して、僕をリビングへと運んだ。

温めるだけの簡単な食事を二人して済ませ、再びベッドに寝転がりながら、そうだ、と僕は今更のように彼に問うべきことを思い出し口を開いた。

「桐生、あのエアチケット……」

「ああ、勝手に行き先決めて悪かったな」

桐生が僕を胸に抱き寄せ、笑って謝罪の言葉を口にする。

「……別に悪くはないんだけど……」

なぜにタヒチなのかが知りたいんだ、と思いつつ、首を横に振った僕の髪を、その長い指で梳《す》いてくれながら、ぽつぽつと桐生が話し始める。

「ハイシーズンだから、早めに手配しようと思ってはいたんだが、ちょうど来月米国出張の予定が入ったので、一緒に代理店に頼んだんだ」

「アメリカ？　いつ？」

初めて聞いた、と驚いて顔を上げた僕に、

「七月の頭から二週間……ああ、その間、留守番頼む」

桐生は再び僕を胸に抱き寄せ、そう笑った。

「二週間か……」

突然の彼の不在の報告に対する動揺が去ったあとには、二週間とは長いな、という寂《さび》しさが芽生《めば》え、堪《たま》らず僕は彼の胸に頬《ほお》を寄せた。

「すぐ戻ってくるさ」

そんな僕の心を読んだかのように、桐生は背を抱く手に力をこめると、笑いを含んだ声で囁き、僕の髪に顔を埋《うず》めた。

「帰ってきたら夏休みだな」

「……夏休み……」

つられて呟いたものの、気持ちはどうしても桐生と二週間も会えないのだ、ということへと向かってしまう。

今までだって、彼が忙しいときはそのくらいの期間、顔を合わせず過ごしたこともあるはずなのに、今、僕の胸には空虚感というか寂寥感《せきりょうかん》というか——が広がっていく。

彼なしに二週間を過ごすことなど、耐えることができるのだろうか、といささかセンチメンタルな思いにとらわれてしまい、僕は彼の胸に顔を埋めた。

「……どうした？」

くす、と笑い桐生がまた僕の髪を梳く。

「……長いよ」

彼の指の優しさに誘われ、つい本音がぽろりと口から零れてしまった。

「長いな」

桐生もそう言って笑うと、ぎゅっと僕の背を抱き締めた。僕も彼の背を抱き締め返し、ともすれば込み上げそうになる嗚咽《おえつ》が声となって口から零れぬよう、必死になって堪えていた。いつの間に僕は、こんなに弱い人間になってしまったのだろう。たった二週間、彼に会えないというだけなのに、なぜにこれほどまでに切ない気持ちが込み上げてくるんだろうか。

「……いい子で待ってろ。八月は夕ヒチだ」

耳もとで響く桐生に僕は潤《うる》んだ目を見られたくなくて、顔を伏せたまま無言で頷いた。

「なぜ夕ヒチにしたと思う？」

桐生が僕の髪に顔を埋め、小さな声で問いかけてくる。

「え？」

顔を上げようとした僕の身体を桐生はきつく抱き締めることで制し、耳もとで思いもかけない答えを囁き始めた。

「……親父が二度目の新婚旅行に選んだのがタヒチで……まさに楽園、とえらく感動したらしくてな」

くすりと笑いながら桐生がまた僕の身体を抱く手に力をこめる。

「ハネムーンには最適だ、とお墨付きをくれたからさ」

「……え？」

僕は今度こそ、無理やり顔を上げて彼を見上げた。僕の視線を受け止め、桐生は少し照れたように笑うと、

「いい旅にしような」

そう言い、僕の唇を塞いだ。

桐生は僕を落ち込ませることも、僕の気持ちを浮き立たせることも自由自在だ。

彼の二週間の不在に沈んだ心が一気に浮上していくのを感じながら、僕は彼の背を抱き締める手に力をこめ、息継ぎも苦しいほどのくちづけに没頭していった。

二ヵ月後に迎える、彼との初めての『夏休み』に思いを馳せて――。

concerto 協奏曲

「いい加減、機嫌を直してくれよ」

桐生《きりゅう》がハンドルから片手を離し、僕の膝《ひざ》の上の手を握り締める。

「…………」

僕は無言で彼の手を振り解《ほど》き、ふいと窓の外を見た。

「もうすぐ出発なんだぜ？　このまま別れるなんて嫌だろう？」

「誰が悪いと思ってるんだよ」

猫撫《ねこな》で声を出してくる彼に、そっぽを向いたまま、ぶすりと言い捨ててやる。

「お前だって最後は楽しんでいたじゃないか」

「楽しんでなんか……っ」

桐生にはやはり反省のカケラもないらしい。赤信号でちょうど車を停《と》めたのをいいことに、彼を睨《にら》もうと振り返った僕の首を引き寄せると、僕が抗議の声をあげる前に唇を塞《ふさ》いできた。

「……っ」

路上で一体何をやってるんだ、と彼の胸に手をついて押しやる僕の抵抗など全く無視し、桐生は唇を塞ぎ続ける。

　彼の舌が口内で僕の舌を求めて暴れ回るのを意地になって避けていたが、桐生が仕方がない、というように肩を竦《すく》めて唇を離そうとしたときには、思わず彼の首に手を回し唇を追ってしまった。

　薄く目を開くと桐生がにやりと笑った顔が目に入り、なんだか非常に面白くない。所詮《しょせん》僕の怒りなんてこんなものなのだ、と半分自棄《やけ》になりながら彼と唇を重ね続けていたが、クラクションの音に漸《ようや》く今の状況を思い出し、二人して唇を離した。

「……ご機嫌を直していただけたようでなにより」

　桐生がにや、と笑い、車を急発進させる。

「……直したわけじゃ……」

　ない、と言いつつも、我ながらあまりの説得力のなさに僕は溜《た》め息《いき》をつくと、唾液《だえき》に濡《ぬ》れた唇を手の甲で拭《ぬぐ》った。

　今日、桐生は二週間のアメリカ出張に旅立つのだ。出発は日曜と聞いたとき、僕は空港まで見送りたいと桐生に申し出て、桐生の会社が用意したハイヤーを彼にキャンセルさせてしまった。

　実家から車を持って来ようと思っていたが、桐生が「俺のを使え」と言ってくれたので、前日の土曜日に彼の車の試し乗りをさせて貰《もら》うことにした。彼の車はＢＭＷ――僕が運転したことのない左ハンドルだったからだ。

桐生は商社マンの頃からＢＭＷに乗っていたが、転職と同時に買い換えた車もやはりＢＭＷだった。余程気に入っているんだろう。

僕もそろそろ自分の車を買おうかと思わないでもないのだが、転勤族だった父がようやく横浜の外れに腰を落ち着けたこともあって、必要があるときは実家の車を使わせてもらっていたし、最近では土日は殆《ほとん》ど桐生のところに入り浸りなので、『自分の車』の必要性をいまひとつ感じていなかった。

まあ同期もだいたい車持ちだし、大学二年になった弟が最近は父の車を乗り回しているらしいので、そろそろ自分も買い時なのかな、と思わなくもなかったが、もし桐生と築地のマンションで暮らすようになったら駐車場を借りなければならないし——などと考えているうちに面倒になってしまっていたのだ。が、桐生のＢＭＷを運転させて貰っているうちになんだか自分も車が欲しくなってきてしまった。そう桐生に言うと、

「いつでも使ってくれていいぜ？」

それこそキーをそのまま渡しかねない勢いだったので慌ててそれは辞退し、初めての左ハンドルに戸惑《とまど》いながらも葛西《かさい》の方のゴルフ練習場へと車を走らせたのだった。

行き先を練習場にしたのは、来週末に田中《たなか》の送別コンペを同期でやることになっていたからだった。最近打ちっぱなしにすら行ってない僕は、体育会ゴルフ部の桐生に教えを乞《こ》おう

としたのだ。

海外出張前の彼のスケジュールにそんな余裕があるとは、実は僕は考えていなかった。さぞ準備で大変だろうと思いつつ金曜日の夜に彼のマンションを訪れると、桐生は既《すで》にすべての仕事を片付け、パッキングも終えたあとだった。

「要は集中力だ」

桐生はそう言って笑っていたが、ずるずると深夜まで残業していた僕には耳の痛い言葉だった。明日はどうする、という話をベッドの中でしているときに、車の試し乗りをさせて欲しいと言うと、「どこか行きたいところはないのか」と桐生が僕に尋ね、それで打ちっぱなしに行きたい、という話になったのだった。

桐生は快諾してくれただけでなく、そういうことなら、とその日の行為の手加減すらしてくれた――といっても残業に疲れた僕には充分ハードではあったけれど、これから二週間も会えないことを思えば、彼にしては破格の『忍耐』ではなかったかと思う。

翌日、昼前にマンションを出て葛西の練習場へと向かい、はじめて桐生にゴルフの指導を受けた。さすがはシングルプレイヤー、教え方も上手《うま》くてこれなら週末のコンペでも百を切れるかもしれない、と僕が喜んでいられたのも練習場を出るまでだった。

「軽く走らせてから帰ろう」

最初、桐生はそう言っていたのだが、思い出したようにゴルフのメンバーを聞いてきた。

「田中の送別コンペだよ。同期で行くんだ」
僕が答えた途端、彼は微《かす》かにその端整な眉《まゆ》を顰《ひそ》めたかと思うと、「帰ろう」とそのまま僕が運転していた車を、築地へと向かわせたのだった。

前々から思っていたが、桐生は田中の名前を出すと途端に機嫌が悪くなる。実を言うと田中とは以前、あることが原因で間違いを犯しかけたことがあった。勿論《もちろん》それは未遂に終わったのだが、桐生がそのことに気づいているとは思えなかった。

たとえ気づかれたとしても、それほど後ろ暗いことはしていないのだが、それにしてもなぜ桐生は田中に拘《こだわ》るのだろうと僕は、急に不機嫌になってしまった彼を横目で見ながら密《ひそ》かに溜め息をついた。

とはいえ、僕も桐生の口から滝来《たきらい》さんの名が出ると、やはり顔が強張《こわば》るのを抑えることができない。桐生は面白がってそんな僕をからかうが、僕には田中をネタに桐生をからかうなど、恐ろしくてとてもできなかった。

そうこうしているうちに車はあっという間に築地のマンションへと到着し、明日の運転は大丈夫なのだろうかという不安を残しつつも、僕は彼に手を引かれるままに部屋へと戻り、そのままベッドへと直行させられた。

「シャワーを……」
打ちっぱなしで汗ばんでしまっていたことが気になり、慌ただしく裸に剝《む》かれている間桐生にそう言ったのだが、彼の手は止まらなかった。

痛いほどのくちづけを与えてきながら彼はカーテンも引いていない陽光溢《あふ》れる寝室で僕を全裸にし、自分も全裸になって身体《からだ》を重ねてきた。

乱暴な手つきで胸の突起を弄《いじ》られ、痛みに眉を顰めると、それが不満だとでもいうように桐生は更に乱暴な動作で僕の片腿《かたもも》を持ち上げ、いきなり挿入しようとした。

「……待っ……」

待ってくれ、と首を振る僕に何も言う隙を与えず、無理やりに唇を塞ぎながら、強引に腰を進めてくる。乾いた痛みに僕が悲鳴を上げると、桐生の右手が萎《な》えた僕を握り扱《しご》き上げ始めた。

時折桐生は、昔のように乱暴に僕を抱くことがある。苦痛が快楽に変わるまで時間を要するそんなときに僕は、彼に抱かれながら色々なことに思いを飛ばし、痛みをやり過ごすのだが、このとき僕が考えていたのは、これから二週間こんな風に桐生に抱かれることはないのだな、ということだった。

途端に切なさが胸に込み上げてきて、僕は彼の背中に力いっぱい両手両脚でしがみついてしまった。僕の腕を感じたのか桐生が暫《しば》し動きを止め、唇を離して僕を見下ろす。

「桐生……」

僕は彼の名を呼び自分の方へと抱き寄せると、彼の唇を求め顔を寄せた。

「……どうした？」

桐生が掠《かす》れた声で問い返し、今までの荒々しい所作《しょさ》とはまるで違う優しい手で僕の髪を梳《す》いてくる。

「…………」

離れたくないよ、と言いそうになり、僕は言葉が零《こぼ》れる前に唇を噛《か》んだ。それがいかに自分勝手な我《わ》が儘《まま》か、わかりきっていたからだ。

「……どうした？」

桐生は僕のこめかみに、頬《ほお》に軽くキスを落としながら、僕が口を開くのを待っている。

「…………」

優しいキスの感触を受けるうちに僕は堪《たま》らない気持ちになってしまい、彼の首にしがみつくと自分から彼の唇を塞いでいった。

「……っ」

桐生は驚いたように一瞬目を見開いたが、すぐに僕が差し入れた舌を痛いくらいに吸い上げながら僕の背を力強く抱き寄せてくれた。そのまま彼の手が下肢へと伸びて僕の脚を更に広げさせ、再び激しい突き上げが始まる。二人の腹の間で僕の雄も既に勃《た》ち上がり、透明な液を零していた。

「……っ」

息苦しさから唇を離そうとした僕に舌を絡めてきながら、桐生は尚《なお》も激しく腰を動かし続けた。奥深いところを何度も抉《えぐ》られ、そのたびに上がりそうになる声を桐生の唇が受け止める。

「……っ……もうっ……」

駄目、と首を振った僕の唇を、桐生はくすりと笑ってようやく解放すると、両脚を引き寄せ抜き差しのピッチを速めた。耐えられずに先に達した僕を追いかけるようにして彼が僕の中に精を吐き出す。

「……きりゅっ……」

ふう、と大きく息を吐き、倒れこんできた背中を抱き締めると、僕は彼の頬に、髪にいつまでもくちづけ続けた。

離れたくない、という思いを抱きながら——。

その思いが伝わったのか、桐生はそのあとも僕の身体をそれこそ『離し』はしなかった。

絶頂に次ぐ絶頂に、気を失いかけた僕を桐生が抱き上げ浴室に運んでくれたところで終わっていれば、僕だって翌日まで怒りを持ち越すことなどなかったのだ。

いつのまにか湯を張っていたバスタブに後ろから抱かれるようにして一緒に浸《つ》かったあたりまでは記憶がある。

「洗ってやる」

そんなことを言いながら桐生は僕の身体を弄っていたが、疲れ果てていた僕の反応がないのが面白くないのか、それともさすがに彼も疲れたのか、普段よりバスタイムは短かったように思う——のは意識がなかったせいか。

バスタオルにくるまれ、また彼に抱かれてベッドへと戻った。既に陽は落ち、開け放たれたカーテンの外、百万ドルの臨海の夜景が美しい。

「……メシ、食えるか？」

尋ねながら桐生は、僕からバスタオルを剝《は》ぎ取り、なんともいえない微笑を浮かべて僕の身体を見下ろした。

「……うん……？」

半分眠りに落ちそうになってはいたものの、意味深な桐生の視線が気になり、僕は薄く目を開いて自分の下肢を見て——。

「おいっ」

驚きのあまり一気に覚醒《かくせい》し、ベッドの上で飛び起きてしまった。

「なに？」

桐生がにやにや笑いながら傍《かたわ》らに座ると、片手を僕の肩に回し、もう片方の手を裸の下半身へと伸ばしてくる。

「……あのなあ……」

その手をぴしゃりと払い除《の》け、まじまじと自分の下半身を見る。そこには成人男子であれば普通にあるべきそれが——茂みが綺麗《きれい》になくなっていた。そう、あろうことか入浴の際、桐生は僕に『剃毛《ていもう》』を実行していたのである。

「エロティックだな」

桐生に言われるまでもなく、普段見慣れぬ剥き出しのそれは我ながら顔が赤らむほどにいやらしかった。風呂上がりで火照《ほて》った肌はほんのりと紅色に色づき、それがかえって人形の肌を思い起こさせる、と思いつつ綺麗に剃《そ》られたその部分を掌《てのひら》で撫でてみる。

「俺にも触らせてくれ」

桐生が横から手を出してくるのに、僕はその手を叩《はた》き落とすと、思わず彼を怒鳴りつけてしまった。

「なに考えてるんだよ!?」

「前から言ってたろ。剃ってみたいって」

桐生はオーバーに痛がるふりをしながら、たいしたことじゃないだろうとでも言いたげに肩を竦めてみせた。

「……しつこい性格だな」

確かに退院後は——以前彼は、急性腹膜炎で病院に担ぎ込まれたのだ——暫《しばら》く『剃毛』に拘っていた時期もあった。だが、それからもう何ヶ月たったと思ってるんだ、と僕は自然と両手でそこを覆《おお》ってしまいながらも、呆《あき》れたあまり深く溜め息をついた。

「そんなこと、もともとわかってるだろうに」

桐生は可笑《おか》しそうに笑うと「ほら、よく見せてくれよ」と僕の両手を無理やりはがし、そのままベッドへと押し倒してきた。

「やめろよ」

煌々《こうこう》とした明かりが照らす中、いつも以上に『剥き出し』の下肢を晒《さわ》される羞恥《しゅうち》に身体を捩《よじ》ると、

「綺麗だな」

桐生はそんな悪趣味なことを言いながら、いきなりそこへ唇を寄せてきた。

「……っ」

きつく吸い上げられたその部分の肌は、今まで直には誰の手をも、ましてや誰の唇をも受けたことがないからだろうか、一気に息が上がるような刺激を感じる。

「……あっ」

桐生が紅《あか》い吸い痕《あと》を残そうときつく吸い上げる度に、堪《こら》えきれない声が唇から漏《も》れる。普段よりも薄桃色に見える僕のそれが、早くも勃ち上がりつつあるのが半分閉じた瞼《まぶた》の間から見え、羞恥を煽《あお》った。

桐生はそんな僕の視線を捕まえるとにやりと笑い、唇で、舌で、細く長い指で、僕のそこ

を、そして後ろを執拗《しつよう》に弄り、攻め立て、疲れ果てていたはずの僕を快楽の淵《ふち》まで追い詰めていった。

「当分このままにしておこうぜ」

そう笑った桐生を睨《にら》みつける理性が、そのときの僕からは飛んでいた。叫び出したくなるのは羞恥からか快楽からか、それすらも判断がつかないくらいに僕は彼に押さえつけられた身体を捩り、シーツをきつく摑《つか》みながら意識が途切れるすれすれのところで快楽の波に身を委《ゆだ》ね、自らそれに飲み込まれていった。

「……おい」

頬に冷たさを感じ、朦朧《もうろう》とした状態から醒《さ》めた僕はびくっと身体を震わせた。

「大丈夫か」

目を開くと、目の前に水の入ったコップを僕の頬に当てながら、全裸の桐生が心配そうに見下ろしている姿があった。

「…………」

無言で頷き、そろそろと身体を起こす。『綿のように疲れている』というのはきっととこんな状態なんだろう、と思うくらいに全身が重かった。

「……何時？」

いつのまにかカーテンは閉められ、間接照明の淡い光が室内を照らしていた。僕を眠らせようという桐生の気遣《きづか》いなのだろう。

「午前二時」

「…………」

時刻を聞いた途端脱力感に襲われ、思わず大きく溜め息をついてしまった。明日の桐生のフライトはＪＡＬの六便、十二時に成田発ということは、ここを何時に出ればいいのだろう。

これじゃあせっかく昨日——いや、もう一昨日か——桐生が彼にしては珍しい『忍耐』を見せたのも帳消しだ、と思いながら僕は彼から水を受け取り一口飲んだのだが、

「……っ」

視界に自分の無毛の下肢が飛び込んできて、思わず咽《む》せてしまった。

「大丈夫か？」

僕の視線を追っていたのか、桐生が半分面白がっているような口調で声をかけてくる。

「……ほんとに……何考えてるんだ」

寄越せ、と手を伸ばしてきた彼に僕は飲みきったコップを返し、再び大きく溜め息をついた。

「どうした？」

桐生が悪びれもせず、軽く首を傾げて僕を見る。

「……これから一体……」

どうすりゃいいんだ、と僕は恨みがましく彼を睨んだ。暫くはトイレに行くのも人に覗《のぞ》かれぬよう——そんな奴は滅多《めった》にいないと思うが——気をつけなきゃならないし、人と一緒に風呂だって入れやしないじゃないか、と文句を言おうとしたのだが、

「あ」

そのときあることに気づき、小さく声を上げてしまった。

「なんだよ」

桐生が片方の眉を上げるようにして僕を見下ろし、髪を梳いてくる。

もしかして——僕を週末のゴルフに行かせないため、だったんだろうか。

ゴルフのあとはたいてい皆で一緒に風呂に入る。まさかそれを見越して彼はこんな暴挙に出たのでは——というのは、考えすぎだろうか。

「なんだよ」

どこか憮然《ぶぜん》とした口調で桐生は同じ言葉を繰り返し、僕の髪をまた梳いた。乱暴な言葉とは裏腹の優しい手つきに違和感を覚え顔を見上げると、桐生はふいと僕から顔を背《そむ》けてしまった。

「………」

どこか照れているようにも見えるその顔を追いかけ、尚も覗き込もうとした僕の肩を桐生が抱き寄せ、彼の胸へと顔を押しやる。

「……二週間、会えないからな」

桐生の声が震動になって頰を寄せた胸から響いてきた。

「……うん」

いつもよりも力なく聞こえるその声に、僕の胸に再び切なさが込み上げてくる――が、それも一瞬のことだった。桐生はそんな僕の顔を覗き込みにやりと笑ったかと思うと、

「ま、その間の保険だとでも思ってくれ」

そんなふざけたことを言いながら、つるりと僕の無毛の下肢を撫で上げた。

「保険？」

やめろよ、とその手を払い、尋ねた僕に、

「こんなカラダ、そうそう人前には晒せないだろ？　さすがにこの状態、二週間はもたないだろうから途中ちゃんと剃っておけよ」

桐生はまるで反省のない、それどころか、どう聞いても面白がってるとしか思えない調子で答え、しつこくそこを撫でようとした。

「ふざけるなよ？」

思わず彼の身体を突き飛ばし、睨みつける。

「ふざけてなんかいないさ。考えてもみろよ。お前が大人しく日本で待ってるか、心配で仕事が手につかなかったらどうしてくれる？」

桐生が尚もにやにや笑いながら僕の身体を抱き寄せようとする。

「どうもこうもないよ！」

馬鹿か、と憤る僕の抗議の声は彼の腕の中に吸い込まれ、そのまま僕はいいようにあしらわれてしまったのだった。


「あと何分？」

「三十分」

チェックインを済ませてきた桐生が、空港の駐車場へと戻ってきた。

出国審査に時間がかかるかもしれないし、なんと彼はファーストクラスなので――本当に外資は景気がいい。桐生が言うにはファーストはいつも空席があるのでギリギリでも手配できるからだそうなのだが、羨《うらや》ましい以外の言葉が出ない――サクララウンジでのんびりしてもいいだろうに、彼がそうしなかったのは、桐生もまた僕同様、出発までの時間を二人きりで過ごしたいと、更に言えば離れて過ごす二週間を寂《さび》しく思っているからだと思いたい。

「電話するから」

メールもな、と言いながら桐生は僕を抱き寄せ唇を合わせてきた。

「……うん」

誰が覗き込むかわからない車の中だったが、今だけはそれに目を瞑《つぶ》りたい気持ちだった。たった二週間じゃないか、と理性では割り切れるのに、なぜこんなにも寂しい気持ちが込み上げてきてしまうというのだろうと思いながらキスに応えていた僕を、

「……浮気するなよ」

唇を離し、桐生がわざとらしく睨む。おそらく本気じゃないんだろう、彼の顔は笑っていた。

「桐生もね」

僕も笑って言い返したのだが、言った途端、本当に大丈夫だろうな、と不安が頭をもたげた――彼を信頼してないわけじゃないが、彼なら周囲が放っておかないだろうと、ついつい不安になってしまったのだ――僕の心を読んだのか、

「馬鹿《ばか》」

桐生は笑うと、再び唇を軽いキスで塞いだ。

「たった二週間だ。帰ってきたら腰が立たなくなるくらいに可愛《かわい》がってやる」

「オヤジ発言だ」

「オヤジで悪かったな」

くすくすと笑い合ってはいたものの、どうやら僕の顔には、寂しいという思いが滲《にじ》み出てしまっていたようだ。

「……お前はほんとに……」

やれやれ、というように桐生は溜め息をつくと、「なに？」と問い返した僕の身体を、ぐっと抱き寄せてきた。

「今度から休みをとらせて、お前も一緒に連れてくか」

とても冗談には思えない口調で、桐生が溜め息交じりにそんなことを耳もとに囁《ささや》いてくる。

「無理だって」

さすがにそれは、と思わず吹き出した僕に、桐生は少し安心したような顔になると、

「ま、今回は大人《おとな》しく待ってろ」

にっと笑ってそう言い、僕の唇に音を立ててキスをした。

「それじゃ、行ってくる」

もう一度僕をきつく抱き締めたあと桐生は身体を離し、勢いよく車から降り立った。

「行ってらっしゃい」

僕も慌てて車を降りると、桐生は「ここでいい」と、ついていこうとする僕を制し、掠《かす》め

るようなキスを僕の唇に落とした。

「でも……」

せめて出発ロビーまでは一緒に行くよ、と言うと、

「別れ難さが募るからな」

桐生は肩を竦めてみせたあと、そんな、と口ごもる僕に向かって意地悪くにやり、と笑った。

「泣かれても困るしな」

「泣くか、馬鹿」

じゃあな、と片手を上げ歩み出そうとした桐生に悪態を返す。桐生は高く笑って僕の悪態を許し、肩越しに振り返って手を振ったあと、颯爽《さっそう》と空港入り口へと向かっていった。

彼のすっと伸びた背中が見えなくなるまで僕は、その場に佇《たたず》みじっと彼を見送っていた。駐車場を出る際、桐生は一回だけ振り返って僕に手を振ってくれたが、そのまま足早に歩き続け、僕の視界から消えていった。

桐生のいない二週間、か。

頭の上をどこ行きの便かわからない日本航空が飛んでゆく。

JALのマークを見ただけで、桐生もJALで旅立つのだ、と思わず涙ぐみそうになる自分に気づき、いつの間に自分はこんなに女々しい男になったのかと我ながら呆れてしまった。

まずは無事にこの左ハンドルで築地に戻ることを考えなきゃな、と僕は気持ちを切り替えると、手の甲で目を擦《こす》り、桐生のＢＭＷに乗り込んだのだった。

2

桐生から安着の連絡が僕のモバイルに入ったのはその日の深夜だった。

二週間の留守番を頼まれた僕は、桐生を見送ったあと千葉にある寮に寄り、スーツと身の回りの品を積み込んで再び築地のマンションへと戻ってきた。

幸い寮の同期は出払っていて、BMWを乗りつけるのを見られずに済んだ。最近外泊が多い僕を、皆「そろそろ結婚か？」などとからかってくるので、誰にも見咎《みとが》められなかったのは有難《ありがた》かったが、主務の三上《みかみ》さんには玄関を出るときに睨まれてしまった。

それにしても実際桐生と暮らすとなると、僕はなんと言って寮を出るのだろう。築地の高級マンションが転居先とはやはり会社には言えないだろうな、などと思いながらマンションへと帰ってきたのだが、桐生のクローゼットに自分のスーツやシャツを収納しはじめると、一変してこのまま一緒に暮らしてしまおうか、という気持ちになってきた。

彼の好きなイタリアブランドのスーツの隣に僕のスーツを並べてかけながら、なんとなく顔が笑ってしまう。もし人が見ていたとしたら——まあ、そんな可能性はゼロだが——我ながら気色《きしょく》が悪い光景だったと思う。

前日の疲れからかその日は熟睡してしまい、僕が彼の安着メールに気づいたのは翌朝になってからだった。いくらフルフラットのファーストクラスでの移動とはいえ、到着したその日から精力的に動いているのが窺《うかが》えるそのメールに、僕は改めて彼のタフさを思い知り、ほとほと感心してしまった。

メールを返そうとしたが、いざ打とうとすると何を書いたらいいのかと迷いまくり、結局返信できないうちに、遅刻しそうな時間になってしまった。向こうで日付が変わるまでにメールがついていればいいか、と僕はモバイルを鞄《かばん》に仕舞うと、慌ててマンションを飛び出した。

出社し、会社のパソコンを立ち上げると田中のプライベートアドレスからメールが来ていた。

『すまん！　金曜の夜、大阪で接待が入り泊まりになった。勝手言って申し訳ないが、ゴルフは八月に延期して貰えないか』

宛先は週末の彼の送別ゴルフに参加する同期三人宛てで、僕以外の二人からは、既に返信がされていた。

『了解。八月は二週目の土曜以外はOK。今度は日曜にしておくか？』

『了解。気にするな。日曜のほうがいいかもしれないな。ヤミ練の時間が出来てラッキー』

送信時間はみんな九時前で、始業ぎりぎりに来るのは僕くらいか、と慌てて僕もキーを叩いた。

『了解。ヤミ練の結果、今度は百切れるかも。握りを楽しみにしてます』

と、数秒後に田中以外の二人から立て続けに、

『大きく出たな。「百獣の女王」脱却おめでとう。そこまで言うなら今度はハンデなしな』

『長瀬《ながせ》！　俺を置いていくな！』

そんな返信が来て、思わず僕は笑ってしまった。『俺を置いていくな』とメールをくれた吉沢《よしざわ》と僕は、たいてい百十前後で回る——というと下手なのがバレてしまうが——ので、「百十」を「百獣」とひっかけて、吉沢が「百獣の王」、僕がなぜか「女王」とよくからかわれているのだ。それぞれ彼らに、

『ハンデは頂戴』

『ライオンキングはまかせた！』

と返信したあと改めて僕は、このゴルフが延期になって本当によかったと安堵《あんど》の溜め息をついた。結局剃られ損だったな、などと考えてしまう自分がまた情けなく、仕事だ仕事、と他のメールもチェックし始める。会社のメールアドレスに来る仕事のメールはモバイルに転送しているのだが、この週末はそのモバイルを開く、心と身体の余裕がなかったのだ。

時差の関係で土曜の夜中に入っていた大量のアメリカからのメールの中に、懐かしいアドレスを見つけ、なんだろう、と僕は仕事のメールを後回しにしてそれを開いた。

『久しぶり。元気か？　坂本《さかもと》が週末上京することになって皆で飲むんだが、金曜の夜は空いてるか？』

メールは大学の同級生の牧野《まきの》からだった。彼とはゴールデンウィークに高知であったこの坂本の結婚式以来、会うどころか連絡も取り合っていなかった。いや、一回「久々ジャン卓を囲もう」と誘われたが、ちょうど接待と重なり断ったんだった、と思い出しながら、久しぶりの大学時代の友人たちとの飲みには是非《ぜひ》参加したいと、スケジュールをチェックして予定がないことを確かめ、『了解』の返事を打った。

皆、朝はそう忙しくないのか、牧野からもすぐ返信が来て、時間と場所を知らせてくれた。

『不義理な長瀬が出てきてくれるのは有難い』

そんな嫌味な追伸もついていて、僕はパソコンの画面に向かって思わず首を竦めてしまった。

桐生と付き合い始めてから、確かに接待以外の飲み会は断りがちになっていた。僕自身、普段残業が多いこともあり、たまに早く帰れる日があるとどうしても彼のマンションを訪ねたくなってしまうのだ。

桐生も忙しい男なので空振りすることも勿論多いのだが、それでも彼が帰ってくるのをマンションで待つほうを、友人との付き合いに費やす時間より優先させてしまっていた。このままじゃ友人をなくしかねないと僕は、

『万難を排して参加させて頂きます。いつも申し訳ない。これでも義理人情には厚いタイプなんだけど』

そう牧野に言い訳っぽい返信をし、ようやくその日の仕事に入った。

昼休み、一人早めに席に戻ってモバイルを開き、桐生の安着メールを再び開いた。

他の友人へのメールには脊髄《せきずい》反射くらいの速さで簡単に返信できるのに、桐生に対しては、仕事のメール以上に気を遣い、時間がかかってしまう。

『気を遣う』というのは別に、桐生に対し距離を置いているというわけではなかった。無事にニューヨークに到着したという彼の、どちらかというと素っ気ないメールを前にすると、僕の胸には書きたいことが溢れてきて、収拾がつかなくなってしまうのだ。

しかもその『書きたいこと』がまた『会いたい』だったり『好きだ』だったりするものだから、如何《いか》にその思いを抑えて彼に呆れられないようなメールを打てばよいかと、僕は朝からさんざん悩んでいたのだった。

せっかく早く戻ってきたというのに、悩んでいるうちに昼休みが終わりそうになってしまい、仕方なく僕は、あまり考えがまとまらないままにメールを打ち始めた。

『安着の連絡TKS。相変わらずの精力的な仕事振りだけど、身体には気をつけて』

さんざん悩んだとは思えない簡単な文面は、何度も迷って『寂しい』『早く会いたい』という言葉を打っては消した結果だった。送信メールを読み返してみて、あまりにも愛想がなかったかな、と反省し、暫し悩んだあと、もう一通彼にメールを打った。

『ゴルフは延期になったので週末はマンションにいるよ』

またも読み返してみて、一体僕はこのメールで何を言いたかったのかと我ながら首を傾げてしまい、桐生もさぞ呆れるだろうと溜め息をついた。

昼休み終了のチャイムが鳴り、デスクへと戻ってきた課員たちがそれぞれに仕事を再開する中、この二週間、こんな調子で仕事に身が入らなかったらそれはそれで情けなさ過ぎると僕は自分を叱咤《しった》すると、改めて意識を仕事モードに切り替えようと努め、デスクに向かった。


仕事に集中できなかったから、というわけではないが、その日も深夜まで残業し、午前一時頃桐生のマンションへと帰ってきた。

リビングの明かりをつけ、がらんとした広い室内を見回した途端、僕の口から溜め息が漏れる。

桐生のいない桐生の部屋、か――。

彼の帰宅よりも先に僕が着いてしまったときは、彼を待つのすら楽しめる快適な部屋も、桐生が戻る可能性がゼロの今夜はこの広さがやけに寂しく感じられる。

会いたいな、と思ってしまう自分の女々《めめ》しさに舌打ちしつつ、僕は乱暴に脱いだ上着と鞄をソファへと投げ置くと、キッチンへ水を飲みに向かった。

桐生の部屋にはかなりの頻度で入り浸っているから、室内の造作も、冷蔵庫の中身すら把握しきってはいたけれど、彼が不在の今、部屋はやけに僕に対して他人行儀な顔を見せていた。

エビアンを冷蔵庫から出して口飲みしながらまたリビングへと引き返し、普段の癖で鞄からモバイルを取り出し開く。夜、帰宅してからパソコンを開くのは僕の習慣だった。というのも、寮までは一時間以上かかるので、その間に何か急ぎの連絡が海外から入るかもしれないと思っているからなのだが、今夜はほんの三十分前まで会社のパソコンを開いていたのだから仕事の新着メールなど来ているわけがない。

わかっちゃいるが習慣からアウトルックを開いて会社からの転送メールを目で追っていた僕は、新着メールの中に桐生のアドレスを見つけ、慌ててカーソルを合わせ開いた。

『週末の件、了解。行くなと言うのは俺の我が儘だから気にしなくてもいい。こちらは全て順調。十日で帰れるよう水面下で調整中』

桐生、と僕は口の中で彼の名を呟《つぶや》いていた。堪らない気持ちが胸に込み上げてきて、僕は思わず返信ボタンを押し、

『会いたい』

その一言だけを打って送信してしまった。送った途端後悔し、慌ててキーを叩き始めた。

『ごめん、少し酔ってる。早く帰れるのならそれはそれで嬉しいが無理しないように』

謝罪の文面を打ちかけているところに、不意に彼の家の電話が鳴ったものだから、僕は驚いて桐生の家の電話であるにもかかわらず、受話器を取り上げてしまっていた。

「もしもし？」

『……どうした？』

電話の向こうから聞こえてきたのは、今僕が会いたくて会いたくてたまらない相手——桐生だった。

「桐生？」

驚いたあまりに大きな声を出した僕の耳に、『なんだ、元気そうじゃないか』という桐生の笑い声が響く。

『今、モバイル立ち上げた途端にお前から切羽詰まったメールが来てたから、なにごとかと思ったんだが……』

携帯にかけたが出なかった、と言われ僕は慌てて脱ぎ捨てたスーツの上着から携帯を取り出し、着信に桐生の番号を見出した。

「ごめん……」

『何を謝る？』

不思議そうな桐生の声に僕は、仕事中と思しき彼に時間を尋ねた。

「今、何時？」

『十二時すぎ。丁度ランチタイムだ』

桐生はすぐ察して、僕を安心させるようにそう言うと、またもくすりと笑い囁いた。

『まだ離れてから一日しか経《た》っていないぜ？』

「……ごめん」

本当にそうなのだ。言い訳で打とうとしていた『少し酔ってる』というのは嘘《うそ》だった。アルコールなんて一滴も飲んじゃいなかったが、桐生のいない桐生の部屋に戻ってきた途端、なぜだか僕は、たまらなく彼に会いたくなってしまったのだった。

彼の気配を感じる部屋の空気がそうさせたのか、それとも彼からのメールが――『俺の我が儘だ』というその言葉が、彼を愛《いとお》しく思い起こさせたのか、自分でもよくわからない。

会いたい、などと意味深な返信をして、こうして電話をもらうこと自体が自分のひどい『我が儘』だと僕は本当に彼に対して申し訳なく思いながら受話器を握り締め、再び深く詫びた。

「本当にごめん」

『……ま、嬉しかったけどな』

桐生は僕の謝罪を笑って流すと、

『メールでも書いたが、一日二日、早く帰れるかもしれない。一人寝は寂しいだろうが、いい子で待ってろ』

それじゃあな、と電話を切ろうとした。

「桐生」

僕は思わず名を呼び彼を引き留めてしまった。

『ん？』

「…………」

どうした、と問い返され、言葉に詰まる。言いたいことは山ほどあるのに——電話の礼も、出張期間が短くなって嬉しい、ということも、そして何より、本当に彼に会いたいという思いも、この胸には溢れているのにどうしても言葉にすることができない。

『……おやすみ』

何も言わない僕に桐生はそう囁き、再び電話を切ろうとした。

「好きだ」

その瞬間僕は、受話器に向かって自分でも思いもかけない言葉を——だが、胸の中に溢れていた想いを、小さな声で告げていた。電話の向こうで桐生が驚いたように息を呑《の》んだのがわかり、途端に、自分は一体何を口走ってしまったのかと、猛烈な羞恥が襲ってきた。

「あの……えーと、身体に気をつけて。頑張ってな」

慌ててそれだけ言って、それじゃあ、と電話を切ろうとすると、今度は桐生が、僕の名を呼びそれを制した。

『長瀬』

「……なに？」

羞恥を堪えつつ問い返すと、桐生はふっと笑い、囁くような声でこう告げた。

『そういう言葉は、俺が目の前にいるときに言ってくれ』

「え？」

『受話器を抱きしめてもつまらないからな』

「…………」

彼の言葉を聞く僕の頬に、カッと血が上っていく。

「これからミーティングだから切るぞ」

桐生は僕に断ったあとに、また受話器に唇を寄せ、

『おやすみ』

低く囁き電話を切った。ツー、ツーという発信音が聞こえてくるだけなのに、僕は暫く受話器を置くことができなかった。

呆然《ぼうぜん》としていた僕の背後で、立ち上げたままになっていたモバイルから新着メールの届いた音が響く。僕はようやく受話器を戻し、なんだろうと画面を見やったが、それが桐生から

のメールだということに気づき慌てて開いた。

『愛している』

文面はその一言だったが、その文字を見た途端、自分でも驚くくらいに胸が高鳴り、画面に見入ったまま僕はその場に座り込んでしまった。

愛している——その言葉が桐生の唇から囁かれたことは今までなかった、と思う。

「『愛してる』……」

僕の唇からも同じ言葉が零れ落ちる。その一言だけが浮かぶ画面を僕は、座り込んだままいつまでもいつまでも見つめていた。


それからの毎日は比較的淡々と、何ごともなく過ぎていった。桐生は時折電話やメールで仕事の進捗《しんちょく》状況を報告してくれ、僕はその連絡を心待ちにしつつ、それこそ『いい子』で彼の帰りを待ち侘《わ》びていた。

僕に期待をさせてはまずいと思ったのだろう、早々に桐生から、実はCEOに引き止められ、予定より早い帰国は無理そうだという連絡があった。がっかりしなかったといえば嘘になるが、あの大企業——もちろんスケールが日本とは桁《けた》が違う——のトップに桐生がそこま

で気に入られているのだということは僕にとっても誇らしく、心から彼のために喜ぶことができた。

二週間なんてあっという間だ、と思えるようになったのは週末になる頃だった。何かと仕事に追われたこの一週間は、考えようによっては過ぎるのが早かった。

勿論一人であの桐生のマンションのキングサイズのベッドに寝転びながら彼を思う時間は会いたさも募り、彼との物理的な距離をもどかしくも感じたが、既にその『二週間』が半分過ぎつつあると思うと、なぜに自分がこうも『長い』と悲観していたのか、馬鹿馬鹿しくさえ思えてくる——というのは、かなり我ながら無理をしている発言ではあるのだが。

ともあれ、何ごともなく一週間を終えた僕は、金曜の夜、約束していた大学時代の友人との飲み会に向かった。

約束の時間にはやはり間に合わず四十分ほど遅れて店に着くと、皆——今回の飲み会のネタになった坂本と、牧野、金子《かねこ》は既に集まり飲み始めていた。

結婚して地元の高知にUターンし、家業を継いだ坂本は『専務取締役』の名刺をくれながら、嬉しそうに結婚指輪をはめた左手をちらつかせていた。

「太ったんじゃないか？」

「長瀬はなんか痩《や》せたよな？」

新婚の夫をからかおうとしたはずなのに、逆に坂本に心配されてしまい、桐生に会いたい

がゆえの心労だろうか、などと僕は自分でも馬鹿かと思うようなことを考えつつ、

「そうかな？」

と首を傾げ、痩せたか？　と己の頬へと手をやった。

「そうそう、なんか雰囲気変わったよな」

横から牧野が、もう酔っているのか僕の頬へと手を伸ばしてくる。

「なんか、艶《つや》っぽくなったよな」

「なんだよ、それ」

牧野の言葉に、何を馬鹿なことを言っているんだと皆して笑う。

「相変わらず忙しそうだしなあ」

だから痩せたんじゃないか、と出版社に勤める金子が言い出したのに、

「どう考えても金子のほうが大変じゃないか」

昼夜を問わず仕事に追われているのはソッチだろう、と僕は言い返すと、「それなのに、よく来られたな」と感心して彼を見た。

「そりゃもう、久々に長瀬が来るって牧野から聞いたからな」

金子がにやりと笑い、暗に僕の日頃の不義理を責めてくる。

「なんだよ、今日は俺のために集まってくれたんじゃないの？」

坂本もまた、わざとふざけて口を尖《とが》らせたあとに、

「でもそうだよなあ、長瀬、最近めっきり付き合い悪くなったもんなあ」

彼まで僕を苛《いじ》めてくるので、

「カンベンしてくれよ」

と僕は助けを求め牧野の顔を見やった。が、牧野は笑ってるだけで、救いの手を差し伸べてくれようとしない。調子にのった金子が、

「カノジョか？　カノジョができたからって俺たちとの付き合いを犠牲にするなんて、長瀬らしくねえぞ」

などと僕の背中をどやしつけ、違うよ、という言葉も待たずに坂本が、

「なになに？　そろそろ結婚？　早く既婚者仲間になろうぜ」

と逆から僕の背中を叩き、まあ飲め飲め、飲んで吐け——といっても勿論文字通りではない——と僕はさんざん二人から飲まされ、早い時間から結構酔っぱらってふらふらしてしまっていた。

店をかえて静かなバーに移動してからは、坂本の結婚生活の愚痴《ぐち》大会が始まったのだが、僕はうんうん、と頷《うなず》きながらも日頃の睡眠不足がたたってか、ともすれば眠りそうになっていた。

「聞いてんのかよ？」

絡む坂本の声も酷《ひど》く酔っている。気の置けない友人同士で久々に集まった為《ため》、皆が皆で飲

みすぎてしまっていたようだった。

「ほら、薄めにしておいたから」

いつの間にか隣に座っていた牧野が僕に水割りを渡してくれる。

「サンクス」

礼を言って受け取り、それを飲んだところまでは記憶があった。が、そのあとなぜかひどく酔いが回ってしまったようで、坂本の声を遠くに聞きながら僕は、そのまま店のソファにもたれかかるようにして眠ってしまったらしかった。

「長瀬、帰るぞ」

揺り起こしてくれたのは金子の手だったか——うん、と頷こうとしても身体が思うように動かないでいるのを、

「ああ、俺、送っていくわ」

牧野が僕の腕をつかんで無理やり立たせ、車まで運んでくれたことは、ぼんやりと認識していた。

「大丈夫か?」

「長瀬、またな。高知にも遊びに来いよ」

車の外から声をかけてくれた二人にちゃんと挨拶《あいさつ》できたかどうかは、記憶がない。

「もたれていいぞ」

走るタクシーの中、腕を引かれ厚い胸に抱き寄せるその手を、桐生のものと錯覚しそうになる自分に苦笑しつつ僕は、

「ごめん」

とその手の主に——牧野に謝り、彼の手を避けて窓のほうへと身体を寄せたまま、そのうち本格的に眠り込んでしまったらしかった。

ぱち、と電気が灯《とも》され、その眩《まぶ》しさに僕はようやく目覚めた。頭が割れるように痛い。どんなに飲みすぎてもこんな状態になることなんてなかったのに、と思いながら、見覚えのない天井を見上げていると、近づいてくる足音と共に声が響いた。

「気がついたか」

「ここは？」

「俺のマンション」

そう言って上から僕を見下ろしてきたのは——牧野だった。

「え……？」

なぜ彼のマンションにいるのだ、と疑問に思いつつも身体を起こそうとする。

「送っていこうにも、お前が今どこに住んでるかわからなかったからさ」

牧野は僕の腕を引いて、なかなか起きられずにいた僕を起こしてくれたあと「水、飲むか？」と顔を覗き込んできた。

「あ、いや、いいよ」

大丈夫、と僕は首を横に振り、立ち上がろうとした。

「どうした？」

牧野が僕の動きを遮るように、背に腕を回し、ぐっと力を込めてくる。

「……帰るよ」

説明のできない違和感を僕は覚え始めていた。酷くぐらつく頭と、自由の利《き》かない手足がそんな思いを抱《いだ》かせたのかもしれない。

「……泊まっていけばいいじゃないか」

耳もとで囁く牧野の変に掠れた声が、なぜか僕の中に恐怖に近い感情を呼び起こした。

「帰る」

きっぱりと言い捨ててしまったあとに、不意に僕は我に返った。飲みすぎた僕の世話をしてくれた上に親切に申し出てくれている彼に、わけのわからない恐怖を感じるなんて、どうかしている。

「ごめん……」

一体何を考えているんだ、と反省し、彼に詫《わ》びようと顔を上げたその瞬間、僕はその場に押し倒され、唇を塞がれていた。

「……っ」

両手を高く上げさせられた状態で、体重で全身を押さえ込まれてしまい身動きが取れない。自分の身に何が起こっているのか理解できないままに、嫌悪感だけが先走り、僕は必死で身体を捩《よじ》って彼から——牧野の手から逃れようと暴れた。

「……帰るなよ」

唇を離した牧野が、僕を見下ろしてくる。

「……牧野？」

あまりにも近いところにある牧野の顔は紅潮し、額に汗が滲んでいた。目がぎらぎらと光り、唾液に濡れた唇が滑るように光っている。その唇が再び落とされてきたのに、ますます嫌悪感が増し、僕は必死で彼の唇を避けようと顔を背け、滑る唇が僕の唇を求めて顔中を這《は》い回る気味の悪い感触に耐えながら、これは悪い夢なのか、と往生際の悪い思いを抱いていた。

牧野は暴れる僕の両手を片手で摑んで押さえ込むと、空いた手でシャツのボタンを外しにかかった。

「やめ……っ」

ろ、と叫ぶ僕の口を唇で塞ぎながら、牧野は次々とボタンを外し、下に着ていたTシャツをめくり上げると今度はベルトを外そうとする。

体格でも体力でも到底かなわない僕は彼の為《な》すがまま、その手がファスナーを下ろし、下着ごと下半身を裸に剝くのを遮ることができずにいた。

「……っ」

不意に牧野の手が止まった。僕の手を捕らえたまま身体を起こすと、牧野はまじまじと裸にした僕の下肢を眺め、ぼそり、と呟いた。

「なに、お前、ここ……剃ってるの？」

「……っ」

あ、と僕は心の中で声を上げてしまっていた。先週剃られたそこは、少しずつまた生え揃《そろ》いつつあったが、もともと体毛がそれほど濃くないためにまだほとんど剝き出しの状態であることを、言われて初めて思い出したのだ。

「……いつの間にお前、そういう奴になったんだよ」

牧野が掌でそこを撫で回しながら、怒りを含んだ声でそう言い、顔を見下ろしてくる。

「……離せ」

羞恥と嫌悪が募り、僕は彼から顔を背け、再び必死で抗《あらが》い始めた。自由にならない両手を振り回そうとすると、いきなり頰を物凄《ものすご》い勢いで張られ、床に頭をぶつけて呻《うめ》いたところを、今度は反対側から殴られた。

「なんだよ、こんなとこ剃ってるくせに俺には『離せ』か？　ヤらせろよ、いいだろ？　嫌がるなんて生意気なんだよ」

僕の顎《あご》を押さえつけながら、そう僕を怒鳴りつけてくるのは本当にあの牧野なのだろうか。

「やめろっ」

叫ぶと三度《みたび》思いっきり頬を張られた。その勢いで強く頭を床にぶつけてしまい、意識が薄らいでいく。

「ほら、もっとよく見せろよ」

牧野が乱暴にシャツを剝ぎ取り、Tシャツや下ろしたスラックスをも剝ぎ取って僕を全裸にする。最後の気力を振り絞り、彼の手から逃れようともがいたところをまた殴られ、今度こそ本当に僕は意識を失ってしまったのだった。

3

人の争う声に、僕は薄く目を開いた。頭が割れるように痛い。中からの痛みと、後頭部に感じる痛みとに僕は顔を顰《しか》めながら、声のする方へとゆっくりと首を回した。

「どういうつもりもこういうつもりも、お前らには関係ないだろ？」

「関係ないってことはねえだろ？　一体どういうつもりなんだよ？」

顔を歪《ゆが》め、吐き捨てる牧野を怒鳴りつけ、胸倉を摑んでいるのは——金子だった。金子の後ろには坂本が立っていて、殴り合いになりそうになる二人の間に、「二人ともやめろよ」と慌てて割って入っていく。

思いもかけない光景に僕は驚いて身体を起こしかけたのだが、途端に酷く頭が痛み、堪えきれずに小さく呻いた。その瞬間、争う声がぴたりと止《や》み、皆がはっとしたように僕の方を振り返る。

「大丈夫か？」

坂本が慌てて僕へと駆け寄ってきた。

「…………」

大丈夫、と頷こうとして、自分が全裸のまま寝かされていることに改めて気づいた。誰かがかけてくれたらしい、スーツの上着が起き上がったことで滑り落ちそうになるの押さえ、僕は、

「……うん……」

と頷き、再び痛む頭を押さえて、そのまま顔を伏《ふ》せた。

「服、着られるか？」

坂本が僕のシャツやトランクスを渡してくれ、気を遣ったのか僕に背を向けてその場に座り込んだ。僕はのろのろと渡されたシャツを素肌に身につけ、座ったままトランクスを穿《は》き、スラックスに足を通した。

「……悪ふざけもいい加減にしておけよ？」

坂本は背を向けていてくれたが、先ほどまで争っていた金子と牧野は僕が着替える様子を無言で見守っていたようだ。僕が着替え終わり立ち上がろうとすると、金子ははっとしたように視線を牧野へと戻し、再び彼の胸倉を摑むと厳しい声でそう告げた。

「だからお前には関係ないだろ？」

牧野が金子の手を振り解《ほど》き、そっぽを向く。

「関係あるよ。だいたいなんだ？　友達酔い潰《つぶ》して襲おうとするなんて……お前ほんとに何考えてんだよ？」

金子が呆れたように言い、尚も牧野の胸倉を掴もうとするのを、

「離せよ」

牧野はその手を振り解くと、状況がわからず呆然と立ち尽くしている僕へと初めて視線を向けた。

「……友達だって？」

牧野が僕を真っ直ぐに指差し、金子を見る。

「こいつがどんな奴だか、お前知ってんのかよ？」

彼が何を言おうとしているのか、その蔑《さげす》んだ目が何を物語っているのか——僕は続く彼の言葉を予測し、唇を噛んで彼から顔を背けた。

「お前らも見ただろ？　こいつはあそこの毛剃られて悦《よろこ》んでいるような奴なんだよ。男に可愛がられてんだろ？　ああ、あの男か？　坂本の結婚式に一緒に高知に来た、あいつか？」

「やめろっ」

堪らず耳を塞ぎ、叫んだ僕の声に、

「やめろよ」

冷静な金子の声が重なった。え、と思いながら彼の方を見やった僕の肩を、坂本が横から支えてくれながら、牧野に向かって厳しい口調で言い放つ。

「それこそお前には関係ないだろ？」

牧野の言葉を聞いて尚——僕のこの身体を見て尚、僕を庇《かば》ってくれる坂本と金子を前に、僕は言葉を失い、ただ呆然と立ち尽くしていた。

「長瀬がどうであれ、それがお前が長瀬に乱暴してもいいって理由にはならないだろ？」

金子は更に牧野に言葉を続けたが、牧野は完全に彼を無視し、僕らに背を向けてしまった。

「……二度とこんなこと、すんなよ？」

そんな牧野の背中に金子はそう言い捨てると、僕と坂本の方へと目をやり、「帰ろうぜ」と笑いかけてきた。

「帰ろう」

坂本も僕の肩に手を回し、微笑《ほほえ》みかけてくる。

うん、と頷いたものの、僕は未だに状況が把握できず、痛む頭に手をやりながら二人に促されるがまま、牧野のマンションをあとにした。

「大丈夫か？　少し休もう」

タクシーを捕まえるために大通りまで——どうやら環八らしかった——出てきたが、僕がまだかなりふらついていたのを二人は案じてくれ、近くにあったファミレスに入ることにな

った。

席につき、お絞りがくると、坂本はそれを洗面所で冷やしてきてくれ、

「綺麗な顔が台なしだよ」

こんなときなのにまだふざけたことを言ったあと、頬に当てるといいと僕に手渡してくれた。

「……ごめん」

一体僕は今、どんな顔をしているんだろう。いつまでも血の味がしているのは、口の中が切れてるからか。牧野に叩かれた両頬は酷く腫《は》れているようで、坂本が渡してくれた冷たいお絞りが心地よかった。

「大丈夫か？」

ウエイトレスを「コーヒー三つ」と追い払ったあと、金子が改めて僕の顔を覗き込んでくる。

「……多分」

頭は相変わらず内側と外側から痛んだが――後頭部を触ってみると小さな瘤《こぶ》ができていた――こうして座っているうちに随分痛みも落ち着いてきたような気がする。それよりどうして彼らはここにいるのだろう、と僕が金子を見返すと、金子はああ、と僕の疑問に気づいたように頷き、話し始めた。

「二次会でさ、牧野がお前のグラスに何か入れるのを坂本が見たって言うもんでな」

「……え？」

驚いて目を見開いた僕に、今度はその坂本が、

「そうそう、長瀬、急に潰れたろ？　そのせいかな、って帰りしなに金子にそれを言ったら金子が『もしかして』って言い出してさ」

僕と金子を順番に見ながら頷いてみせる。

「なんか、牧野がお前を見る目、妙に気になったんだよな。自分が送っていくって言ってきかないしさ。まさか、と思いながらも来てみたら……」

金子は憤慨した口調でそこまで喋《しゃべ》ったものの、おそらく僕に気を遣ってくれたらしく言葉を選ぶようにして黙り込み、沈黙が三人の上に流れた。

「……そうか……」

金子も坂本も、本当にびっくりしたと思う。二人に訪ねて来られた牧野も勿論驚いただろうが——と、僕は牧野のあの蔑みに満ちた瞳を思い出し、小さく溜め息をついてしまった。

「ま、気にするな。あいつもなんだ、魔が差したんだろ」

「そうそう、これに懲《こ》りずに俺たちとの飲み会にはまた来てくれよ」

金子と坂本が、あたかもたいしたことない、とでも言うように笑って僕の背を叩いてくれる。そんな二人を僕はなんともいえない思いを胸に見返していた。

彼らとて僕の下肢がどういう状態だったか、そういうことをする僕にどういう性癖があるのか——別に好んで剃毛しているわけでは勿論ないのだけれど——その目で見ているはずである。

牧野のように僕を軽蔑《けいべつ》して然《しか》るべきだと思うのに、どうしてこれまでと全く変わらない声で、笑顔で、僕に話しかけてくれるのだろう。

「……どうした？　頭、痛いか？」

「病院行ったほうがいいかもなあ」

黙り込んでしまった僕の顔を心配そうに覗きこんでくる二人に、僕は首を横に振り、小さな声で詫びた。

「……ごめん」

「『ごめん』？」

「なんでお前が謝るんだよ？」

心底不思議そうに問いかけてくる彼らの温かさに思わず涙ぐんでしまいそうになりながら僕は、

「ほら、コーヒー来たぜ？　飲めるか？」

「染みるかなあ。冷たいモンの方がよかったか？」

何かと世話を焼いてくれる彼らの前で頭を下げ続け、優しく温かい雰囲気に暫し身を委ねる幸せを味わっていた。

随分明るくなってから三人で一台のタクシーに乗り込み、僕は二人に寮まで送って貰った。彼らに僕はどうしても桐生のマンションの住所を告げることが出来なかったのだ。関係ない、と二人は笑ってくれるだろうが、付き合っている男のマンションにタクシーを乗りつけるのを僕は躊躇《ためら》ってしまったのだった。

「じゃ、ほんと、また飲もうな」

「顔、冷やしておけよ？　腫れるぞ？」

それぞれにまた温かい言葉をかけてくれたあと彼らは寮で僕を降ろし、そのままそのタクシーで去っていった。タクシーの尾灯が見えなくなるまで二人を見送ると、僕は久し振りに寮の部屋で寝ようと建物の中へと入った。

時刻は七時過ぎだったが、休みの日だからか誰にも会わずにすんだ。玄関で主務の三上《みかみ》さんに、

「どうしたんです？」

と驚いたように呼び止められたが、ちょっと、と誤魔化《ごまか》して早足で部屋へと向かった。

タクシーを降りるときに金子が渡してくれた鞄をベッドの上に放り投げ、その隣に腰掛けたあとに、僕は自分が一体どんな顔をしているのかが気になり、鏡を見るために立ち上がってロッカーへと向かった。

「………」

鏡に映る赤黒く腫れている頬と、切れている唇を前に、大きな溜め息が漏れる。洗面所にタオルを濡らしにいき、部屋に戻ってベッドに座り込むと、タオルで頬を押さえた。

牧野は本気で僕を殴っていたものな、とあの瞬間を思い出しかけ――頭に浮かぶその映像から逃れようと頭を激しく横に振る。

頭を動かすとまた頭痛がぶりかえしてきてしまった。寝ようかな、と思ったが、どうしても寝転がることができなかった。目を閉じると思い出してしまう。僕に覆い被さり、無理やり服を剝ぎ取ろうとした牧野の顔を。軽蔑したような彼の口調を。そして――。

「………」

僕はまた大きく溜め息をつくと、そのまま深くベッドに腰掛け、壁に背を預けた。泣きそうになったが、なぜ涙が溢れてくるのかわからなかった。すぐに温かくなってしまうタオルを頬へと当て直し、僕は必死で何も考えまいとしてじっと天井を見上げた。

全てが夢であって欲しい――相変わらず甘えたことを考えながら、僕はただぼんやりと座って天井を眺め続けた。

それでもいつのまにか眠ってしまっていたらしい。カチャ、と扉が開く音に、僕は自分でも驚くくらいにびくりと身体を震わせ目を覚ました。

「どうした？」

ドアを開け、驚いた声を上げているのは——田中だった。

「田中？」

これこそ夢か、と僕は慌ててベッドから立ち上がりかけたが、田中はそんな僕の顔を見て心底驚いた顔になり、彼もまた慌てた様子で駆け寄ってきた。

「ほんと、どうしたんだよ？」

「お前こそ……大阪じゃ？」

問いかけながらも顔が痛む。この痛みといい、田中の驚きようといい、まだ相当頬が腫れているらしい。

「今、戻ってきたんだが……三上さんが、お前の様子がおかしいって言うもんでな」

言いながら田中は僕の顔を覗き込み、心配そうに問いかけてきた。

「どうした？　殴られたのか？」

「うん……ちょっとね」

説明のしようがなくて顔を背けた僕を見て、田中はそれ以上の追及をあきらめたらしい。

「ゴルフは無理でも今日あたりどこか行かないかって、昨夜携帯に電話入れといたが、その様子じゃ聞いてないな」

多分わざとなんだろう、明るい調子で僕に笑いかけてきた。

「あ、ごめん」

携帯——そういえば一度もチェックしていなかったと、僕は傍らに放ったスーツの内ポケットから携帯を取り出し、留守電を聞こうと番号を押した。

「大丈夫か？　他に怪我《けが》は？」

田中が横から尚も心配そうに問いかけてくる。携帯からは当然田中からの留守番電話のメッセージが聞こえてくるだろうと予測し、大丈夫だよ、と答えようとした僕の耳に聞こえてきたのは——桐生の声だった。

『俺だ。どうにも辛抱できずに帰ってきた。今日は遅くなるのか？　早く戻って来い』

僕は呆然と田中の顔を見返してしまった。

「どうした？」

田中は僕の様子がおかしいのを察したらしい。僕が携帯を握り締める手を上から握り締めながら、もう片方の手で僕の肩を揺さぶってきた。

そのメッセージのあとに、田中の先ほど言った通りのメッセージが入っていて、そのあと、今日の十一時二十分——思わず時計を見た僕はそれがほんの一時間前ということに気づいた——また、桐生からのメッセージが入っていた。

『俺だ。日曜にCEOとのゴルフに付き合わなければならないために今日の十六時四十五分のANAで帰る。……お前の顔が見たかったが、残念だ』

「長瀬？」

大きな声を出した田中の胸に、僕は思わず縋《すが》りついてしまっていた。全身が震え、座っていることすらできない。

どうしよう——どうしよう、という思いしか頭には浮かばず、僕は救いを求めるように、ただただ田中を見上げてしまっていた。

「どうした？」

田中は戸惑った様子で僕の肩を揺すり続けていたが、僕がうわ言のように「どうしよう」と繰り返すのに、

「何が？　何が『どうしよう』なんだ？」

僕を落ち着かせようと、ゆっくりした口調で尋ねてきた。

「……桐生が……桐生が、帰ってきてたのに……」

言葉が嗚咽《おえつ》に呑み込まれ、僕は田中の胸に顔を伏せた。

「桐生が？」

田中は母親が幼子をあやすように僕の背中を軽く叩いてくれながら、顔を覗き込み問いかけてくる。

「……また帰ってしまう……どうしよう……どうしよう……？」

僕は自分が何を言ってるのか少しもわかっていなかった。言ってるそばから涙が溢れ、ただでさえわからない僕の言葉をより不明瞭《ふめいりょう》にしていく。

「なに？　桐生が？　どこに帰るって？」

田中は辛抱強く僕から言葉を引き出そうとしてくれた。ようやく僕は、桐生がアメリカ出張中にもかかわらず、金曜日に戻ってきたらしいことと、今日の十六時四十五分の飛行機でまたアメリカに帰ってしまうことを切れ切れに彼に伝えることができた。

「相変わらず……凄いことするな」

田中は一瞬呆れたように溜め息をついたが、すぐに、

「わかった」

と僕の背中を力強く叩いた。

「……え？」

思わず問い返した僕の腕を、にっと笑った田中が摑む。

「まだ間に合う。成田だろ？　車を飛ばせば一時間半で着く」

「……え？」

僕は田中に促されるままに立ち上がったが、彼の言う言葉の意味がいまいちストレートに伝わって来ず、呆然と彼を見上げていた。

「ほら急げ。送ってやる」

田中が僕の背中に手を回し、さあ、というように前へと促す。

「田中……」

「ほら、時間がないぜ？」

田中は再び僕の背を強く押し、僕はまたも泣き出しそうになりながら、田中と共に寮の駐車場へと向かい駆け出したのだった。

成田空港までの道は思わぬ渋滞を見せ、田中の運転する車が空港の駐車場に滑り込んだときには既に三時を回ってしまっていた。

僕は何度も桐生の携帯に電話をかけたが、電源を切っているのかずっと留守番電話になって繋《つな》がらなかった。アメリカ行きの便は相変わらず審査が厳しく、チェックインは早めにしなければならないと桐生はこの間出発するときに零していたから、もしかしたらもう出国してしまったかもしれない。

せっかく出張中に戻ってきてくれたのに——と僕は膝の上で両手を握り締め、ひたすらフロントガラスを眺め続けた。

運転席の田中は何も言わなかった。音楽もラジオもつけず、ナビだけ見ながら黙って車を走らせてくれていた。空港についてからもまず僕を出発ロビーへと落とし「あとから行くから」と一人駐車場へと向かっていった。

僕はそんな田中に対する感謝の思いもそこそこに、全日空のカウンターを目指して空港内を走った。

人、人、人——こんな中で桐生の姿など見つけることができるのだろうか。不安に打ち負かされそうになる心を奮い起こし、また彼の携帯に電話しながら、闇雲《やみくも》に出発ロビーを走り続けた。

「長瀬！」

車を置いてきた田中が合流し、僕たちは何の打合せもしないうちから二方向に分かれて桐生を捜した。ツアー客の合間を縫い、レストランや待合所を覗いて、また出発ロビーへと戻ってくる。

と、そのとき僕の目に、あまりにも見覚えのある姿が飛び込んできて、僕は思わず大きな声で、今しも出国審査の入り口に吸い込まれそうになっていた彼の名を叫んだ。

「桐生！」

振り返ったその顔が、まさしく桐生のものだとわかった瞬間、僕は彼へと駆け寄り、彼も——驚いた顔をした桐生もまた列を抜け、僕へと向かって走って来た。

「桐生！」

僕は人目も気にせず彼の胸に飛び込み、その背をぎゅっと抱き締めた。

「長瀬……」

桐生は驚きを声に滲ませながらも僕の背を抱き締め返してくれたのだが、すぐに身体を離すと僕の顔を見下ろし、厳しい声で尋ねてきた。

「どうした？」

「……え？」

彼の剣幕に驚き顔を上げた僕に向かい、桐生が矢継ぎ早に質問を重ねる。

「殴られたのか？　どうした？　昨夜は何があったんだ？」

「……あ……」

僕はようやく自分の顔が今どういう状態だったかを思い出し——同時に不意に昨夜の記憶が蘇《よみが》ったせいで、思わず彼の背から手を解いてしまった。

「どうして昨夜は戻らなかった？　何かあったのか？」

桐生が僕の両肩に手を置き、厳しい目で見下ろしてくる。

「……何もない……何もなかった……」

どうしよう――どうしよう、という思いが、再び僕を襲っていた。

確かに何もなかった。牧野に犯されそうにはなったが、何事もこの身には起こらなかった。

それでも僕の不注意でそんな事態を呼び起こしてしまったことは事実であり、その時間、桐生が一人、マンションで僕の帰りを待っていたのも事実なのだ。

忙しい時間を無理やり調整し、ほんの数時間共に過ごすためだけに帰国した彼を思うと、申し訳ない気持ちばかりが先走り、どうしたらいいか僕には少しもわからなくなってしまっていた。

「ごめん……本当に……ごめん……」

謝る以外の言葉をもたない僕に、桐生が口調を和らげ尋ねてくる。

「いいから、落ち着け。何があったんだ？」

彼が柔らかい声を出せば出すほど僕は泣き出したい気持ちになり、

「……ごめん」

と両手に顔を埋めた。

「……何を謝ってるのか知らんが……」

桐生がそんな僕の両手首を摑んで、無理やり顔から離そうとするのに、自然と抗ってしまいながら、僕は「ごめん」と彼の前で頭を下げた。

「……何を謝ってるのかな？」

力ずくで僕の手を強引に顔から外させ、桐生が僕の目を覗き込んでくる。

「……折角帰ってきてくれたのに……」

摑まれた手の痛みが、僕の涙を誘っていた。それに気づいた桐生は手を離してくれたあとに両手で頰を包み、

「長瀬」

額を合わせるようにして、僕の名を囁いた。

「…………」

そんなに優しい声で彼に名を呼ばれたのは初めてだった。おずおずと目を上げた僕の視線をとらえた桐生が静かに口を開く。

「なにがあろうと――お前が何をしようと、お前はお前だ。謝罪など必要ない。お前がお前である限り、俺は……」

桐生は、ここで呆然と彼を見上げていた僕に、にっこりと微笑むと一言、

「俺は――お前を離さない」

そう囁き、そっと唇を寄せてきた。

「桐生……」

気づいたときには僕は再び桐生の背を力一杯抱き締め、落ちてきた唇を受け止めていた。

「長瀬！」

背後で田中の声が聞こえたが、唇を離すことはできなかった――いや、離したくなかった。桐生はいつものような激しいキスではない、優しい、柔らかいキスを僕に与えてくれていた。互いの舌を絡ませ合い、唇で唇を追い合い、流れ落ちそうになる唾液を受け止めるように顔を傾け、互いの口内を侵し合う長いキス――次第に周囲のざわめきが耳に入り始め、僕が身体を離そうとすると、桐生は唇を塞いだまままそれを制した。

だんだんと羞恥が僕の中には生まれてくるのに、桐生はまるでお構いなしというように僕の身体を抱き締め、いつまでもいつまでも唇を重ね続けた。

唇を離すきっかけは、桐生の名を呼ぶアナウンスの声だった。

『お早めに二十四番ゲートまでお越しくださいませ』

彼のスーツの背を握り締め、ようやく唇を離させると、

「なに？」

桐生は優しげでいながら不満そうに唇を離した。

「もう行かないと……」

アナウンスを聞くよう促したのに、

「……待たせておけばいい」

桐生は呆れるようなことを言い出し、再び僕の唇を塞いでくる。

「待たせるって……」

慌てて彼を押しやろうとすると、

「やっといつものお前になった」

桐生は笑って軽く頬にキスをし、身体を離した。

「……桐生……」

途端に僕はまた泣き出しそうになり、自分から離れたはずであるのに彼の胸へと再び身体を寄せてしまった。

「なに?」

桐生が僕の背を抱き寄せ耳に囁きかけてくる。

「……本当に……何もなかったんだ」

僕は——それだけは誤解されたくなかった。

取り乱した僕を見て、そしてこの顔を、着崩れたこのスーツを見て、彼は誤解したに違いない。それでもあんなに優しい言葉をかけてくれた彼に、僕はそれだけは——身の純潔だけは、きちんと伝えておきたかった。

桐生はなんともいえない顔で僕を見下ろしていたが、直《す》ぐに笑顔になると、

「……わかった」

そう頷き、僕の額に唇を押し当てた。

「帰ってからゆっくり話を聞かせてくれ」

微笑み、身体を離した彼が、僕の背後へと目をやり少し厳しい顔になる。彼の視線を追った僕の目に、田中の姿が飛び込んできた。

「……空港まで……送って貰ったんだ」

僕は桐生がなぜか田中に対して抱いているわだかまりを思い出し、おそるおそる桐生に告げた。

「……そりゃどうも」

桐生は僕の方は見ず、田中にそっけなくそう言うと、不意に彼の方へと歩み寄り、彼の胸倉を摑んだ。

「こいつの傷に——こいつをこれだけ泣かせたことにお前が関与していたとしたら……」

「違う！　田中は関係ないよ！」

僕は慌てて二人に駆け寄り、田中から手を外させようと桐生の腕に縋った。

「久し振りだな」

田中は顔色も変えず、桐生を真っ直ぐに見返している。

「……ああ、久し振りだな」

桐生もそう返し、二人は暫し無言のまま、まるで睨み合うようにしてその場に佇《たたず》んでいた。

「……いつ戻るんだ？」

沈黙を破ったのは田中だった。桐生は一瞬の間をおき、そっけなく日程を告げた。

「来週の日曜」

「……来週帰ってくるのに一泊三日の帰国か。相変わらず無茶するな」

田中は呆れたように笑ったあと、不意に真摯《しんし》な顔になり口を開いた。

「日曜まで……長瀬のことは任せろ」

「なに？」

桐生の顔色が一瞬にして変わり、厳しい眼差《まなざ》しが田中へと注がれる。田中もまたきつい目で桐生の視線を受け止めていた。これでもかというほどの緊張感が二人の間に流れる。

今度、沈黙を破ったのは桐生だった。噛み締めた唇の間から小さく息を吐くと、押し殺したような声で田中に問い返した。

「……どういうつもりだ？」

僕は口を挟むこともできず、そんな彼らをはらはらと見守ることしかできなかったのだが、再び桐生の名を呼ぶアナウンスが流れたのに、僕も、桐生も、そして田中も一瞬宙へと目を泳がせた。

「……どういうつもりもない。文字通りだ。長瀬の身に何が起こったのかは俺も知らない。でも、この先こいつが何か危険な目にあう可能性が少しでもあるとしたら——お前が戻るまでの間、長瀬は俺が守る。そういうことだ」

薄らいだ緊張を一気に引き戻すように田中はそう言い、再び桐生を見つめた。桐生は燃えるような目で田中を見返していたが、やがて大きく溜め息をつくと、田中に向かって右手を出した。

「——それをお前に頼むのに、俺がどんな思いでいるか……勿論お前にはわかっているよな」

「……わかるわけないだろう」

田中はそう答えはしたが、出された右手を力いっぱい握り返した。

「……とりあえず、今日の礼は言っておこう」

桐生の言葉をきっかけに二人は手を離した。相変わらず睨み合う二人の間で、僕は何を言っていいかわからず、仕方なく桐生の腕を摑み彼を促した。

「そろそろ行かないと……」

「……長瀬」

桐生はそんな僕の背を抱き寄せると素早く唇を塞ぎ、驚いて身体を離そうとした僕に向かって一言、

「愛している」

そう言い、微笑んだ。

「桐生」

思いもかけない彼の言葉に驚きの声を上げた僕の背中を再びぎゅっと抱き寄せると、

「待ってろ。すぐ帰ってくる」

「桐生」

桐生は耳元に囁き、彼の名を呼ぶことしかできないでいた僕に右手を上げて、出国ゲートの中へと消えていった。

『愛している』

そんな——そんな言葉をかけてもらう資格が、僕にはあるのだろうか。

「長瀬？」

後ろから僕の肩を叩いた田中の声に振り返った瞬間、頬を涙が流れ落ちた。

「……帰るか」

田中は一瞬僕の涙を追うように視線を泳がせたが、敢《あ》えて気づかぬふりをしてくれ、再び僕の肩を叩き微笑んだ。

「……うん……」

頷いたものの、僕は暫くその場から動くことができなかった。桐生の消えた出国ゲートをいつまでもいつまでも眺めながら、僕は彼の囁いてくれた言葉の一つ一つを心の中で繰り返し思い出していた。

4

田中は僕を寮まで連れ帰ってくれただけでなく、寮で鞄をピックアップした僕をそのまま築地の桐生のマンションまで送ってくれた。

田中にはひどく取り乱したところも、桐生とキスを交わしたところも、アメリカへと戻ってしまった桐生を見送りながら泣いてしまったところも――あらゆる恥ずかしいところを見られてしまっていたので、冷静さを取り戻したあとは、彼の運転する車の助手席で僕はいたたまれない思いに陥っていた。

が、田中は本当にまるで何事もなかったかのように、語学学校の話とか、大阪の客先との接待で全員が脱ぎまくった話とか、「長瀬、お前ヤミ練で百切りそうなんだって？」というゴルフの話とか――自然と僕が笑ってしまうような話題を選んで、話しかけてくれていた。

田中に『好きだ』と告白されたのはもう随分前のことになる。彼の気持ちがあれから変わったのかどうか、確かめる勇気は僕にはとてもなかった。

もともと友情に篤《あつ》い男だから、取り乱す僕を放っておけずに世話を焼いてくれたのかもしれないが、もしかしたら彼はまだ――と考えかけ、あまりに不遜《ふそん》な自分の思いに気づいて僕は心の中で田中に詫びた。

晴海通りのファミレスで食事をとったあと、田中は築地のマンションで僕を降ろしてくれた。

「それじゃな」

「有難う」

笑顔を向けてきた彼の前で頭を下げた僕を、田中がじっと見つめる。

「…………」

僕が顔を上げても暫く僕の顔を見ていた彼は、なに、と僕が首を傾げると、

「いや……」

と苦笑した。

「明日、気晴らしにどこか行こうと誘っても、お前はここで留守番すると言うんだろうな、と思ってさ」

「田中……」

悪戯《いたずら》っぽい目をしてそう言ってきた彼に僕は何と答えたらいいかわからず——確かにもし明日彼に誘われたとしても、僕はマンションを出る気にはなれなかった——彼を見返すと、

「だからわかってるって」

田中はまた笑ったあと、不意に真摯な顔になった。

「……何があったのか、話せるようになったら話してくれな」

「田中……」

僕はただ、彼の名を繰り返すことしかできないでいた。これだけ世話になったのだから、田中には事情を説明するべきだとは思う。だが、この身に起こったことを、今、口にするのはあまりに辛《つら》すぎた。

結果的に大した被害に遭ったわけではないが、そういう行為をされかけたことや、誹謗《ひぼう》の言葉を投げかけられたことを思い出すのに、平常心を保っていられる自信がなかった。

「……だから、話せるようになってからでいいって。桐生に『俺が守る』なんて大見得きっちまったからな。もし近々お前の身に何か起こるようなことがあったら俺は――」

そう言いながら田中は自分の口調が熱くなっているのに気づいたのだろう、再び苦笑すると、

「……ま、お前の身に危険が及ぶようなことがなければ、俺はそれでいいよ」

それじゃな、と、僕に向かって右手を上げ、車に乗り込んでいった。

「また来週」

「来週?」

聞き咎めた僕に、田中は、ああ、と頷くと、

「まだ言ってなかったか。語学の集中研修が終わって、来週からは学校に通いながらの業務

の引継ぎなんだ。また近くで世話になるよ」

そう言い、それじゃあ、とまた笑って僕に手を振ると、今度こそ本当に車を発進させた。

「有難う」

エンジン音に消されたかと思った僕の言葉は田中の耳に届いたらしい。それに答えるように軽くクラクションを鳴らしてくれたあと、田中の車は晴海通りを銀座の方へと走り去っていった。車の尾灯が視界から消えるまで見送った僕は、昨日戻れなかった桐生のマンションのエントランスへと向かった。

部屋の中は相変わらず整然としていた。金曜の朝、僕が出て行ったときより綺麗なんじゃないか、と思いつつソファに鞄を放り寝室へと向かう。

明かりをつけずにベッドに身体を落とし、大きく息を吸い込んで——そこに残る桐生の残り香に気づいた僕は目を閉じ、必死にその匂《にお》いを追いかけようと再び息を深く吸い込んだ。

『愛している』

唇を寄せ囁きながら、あまりにも鮮やかに微笑んだ桐生の端整な顔が浮かぶ。

「桐生……」

彼の名を呼び、シーツへと顔を埋《うず》めた僕の頭に、不意に牧野の蔑みきった眼差しと、彼の罵声《ばせい》が蘇った。

『男に可愛がられてんだろ?』

その通りだよ、と僕はごろりと仰向《あおむ》けになり、幻の牧野に向かって小さく呟いていた。可愛がられている、という表現はともかく、桐生の腕がこんなにも欲しくてたまらない自分がここにいる。

「桐生……」

再び彼の名を呼び、僕は天井へと両手を伸ばした。束の間の帰国を終え、再びニューヨークに戻っていった彼に向かって伸ばした手で、やがて僕は自分の顔を覆った。

桐生は昨夜、ここで一人眠ったのだろうか。いつまでも帰って来ない僕を待ちながら、ハードな空の移動で疲れた身体をこのベッドに横たえていたのだろうか。

そう思うだに彼への申し訳なさが募ってきてしまい、込み上げてくる涙を掌で拭いながら僕は彼の名を呼び続け、そのまま泣き疲れてその日は眠ってしまった。

翌朝、かなり陽が高くなってから僕は起き出し、泣きすぎて腫れてしまった眼と、まだ少し腫れている頬を冷やそうと冷水で顔を洗った。そのまま氷囊《ひょうのう》で頬を冷やしながらモバイルを鞄から出し、メールをチェックする。

と、桐生から昨日の夜中にメールが入っていた。慌てて開いてみると、

『無事到着。JLよりNHの方が快適かもしれない。ちゃんとメシくらい食えよ?』

そんな、そっけなくも温かいメールで、僕はまた暫くその画面をぼうっと眺めてしまった。

が、やがて我に返ると、今度もさんざん内容に迷ったあと、

『桐生もゴルフ頑張って。食事はちゃんとしてるから安心してくれ』

それこそ本当にそっけない返信をしてメールを閉じた。

本当ならどうして金曜日は帰れなかったのか、とか、本当に申し訳なかった、とか打たなければならないのではないかと自分でも思う。が、僕は出来れば金曜の夜のことはこのまま忘れてしまいたかった。

『お前がお前である限り、俺は——お前を離さない』

桐生の言葉に嘘も誤魔化しもないとは思う。彼があれほど優しく囁く声を、僕は今まで聞いたことがなかった。僕が精神的にも肉体的にも傷ついていると察してくれた彼の優しさがあのときの、そして今の僕には文字通り泣けるほどに嬉しかった。

それだけに、僕は自分の身体が桐生以外の男に蹂躙《じゅうりん》されかけたということが厭《いと》わしくてならなかった。力で捩《ね》じ伏せられたとはいえ、同じ男同士であるのになぜ自分で自分の身を守れなかったのかと、昨日から僕は自分を責め続けていた。

桐生にはまるで相応《ふさわ》しくない僕が彼の傍《そば》にいられるだけでも奇跡に近いのに、これ以上のハンデをこの身に負いたくはなかった。

ハンデ——『好き』という気持ちには似つかわしくない言葉であるという自覚はある。が、僕には桐生の腕の中にいる幸運をどうしても手放しでは喜べない思いが常にあった。

『愛している』

彼の言葉は僕を幸福の絶頂へと導いたが、同時にこの胸に拭いきれない不安をも呼んだ。いつまでも彼の傍にいたい――切実に願う傍から『分不相応だ』と囁く自分の声が聞こえる。言葉でも、行為でも桐生は僕を求めてくれているにもかかわらず、僕はそれ以上の確たる何かを求め、彼に縋りつきたい思いを常に抱いていた。

そんな僕にとって、桐生以外の他人に犯されそうになったという事実は、できる限り隠蔽《いんぺい》し、同時に忘れ去りたいこと以外の何ものでもなかった。

何もなかったのだ、と僕は自分に言い聞かせるように一人そう呟くと、漸《ようや》くモバイルの画面から顔を上げ、桐生に返信した通り食事をとることにしたのだった。

夜になり、顔の腫れは随分引いていて、一見しただけでは殴られたことがわからない程度になってくれた。寝る前に再びモバイルを開くと、金子と坂本から別々に僕を案じてくれているメールが入っていて、僕はそれぞれに世話になったと返信し、そのあと桐生が出張中にくれたメールを順番に開いてはその文字をぼんやりと見つめていた。

一泊三日の帰国か――僕は空港で別れた桐生の颯爽《さっそう》とした姿を思い起こした。会いたいな、とまだ別れてから一日しか経っていないのにそう思ってしまう自分の心を持て余しながらも、僕はモバイルを閉じ、それがまるで桐生の分身であるかのように胸に抱き締め、またも彼を思った。

何もしないまま一日が過ぎる。彼が――桐生がいないだけで、なぜこれほどまでに空虚な気持ちになってしまうのか。情けないような、いとおしいような思いを抱きつつ、僕は貴重なはずの休みをそうして終えた。

月曜日に出社した僕は、誰からも「どうした？」と問いかけられないことにほっとしつつ、田中の姿を認め、礼を言うために彼の席へと向かった。

「おはよう」

田中は普段どおりの挨拶を僕へと返し、口を開きかけた僕の言葉を遮るかのように、

「二ヶ月ぶりの会社はなんか新鮮だよ」

と豪快に笑った。それでも礼を言おうとすると、彼は椅子《いす》から立ち上がり、

「気にするな」

そう僕の耳元で囁いて、背中を叩いてくれた。

「……申し訳ない」

頭を下げる僕に田中は「さ、仕事しようぜ」と笑いかけ、僕は益々《ますます》彼に対する申し訳なさを募らせながらも言われた通りに席に戻り、パソコンを立ち上げ仕事へと意識を集中させていった。

八時過ぎに仕事がひと段落し、帰ろうかな、と顔を上げたところで数列先の席の田中と目があった。

「帰る?」

ゼスチャーで話しかけてくる彼に「うん」と頷くと、

「一緒に帰ろうぜ」

田中が大きな声で誘ってくる。一緒に帰る、と言っても、今日も僕は築地のマンションへと帰るつもりでいたから、どうしようかな、と一瞬返答に詰まったのだけど、手早く支度をすませ、近づいてきた田中が、

「どうせ駅までだけどな」

と僕の耳元で囁いてきたので、共に会社を出ることにした。

「いやあ、久々に会社に来るとなんか疲れるな。二ヶ月遊んでたわけじゃないけど、授業の方が断然ラクだわ」

田中が笑うのに、そうなんだ、と相槌《あいづち》を打ちつつ会社を出、駅へと向かおうとした僕は、突然視界に飛び込んできた男の姿に衝撃を受けその場に立ち尽くしてしまった。

「長瀬?」

足を止めた僕を、不審そうに傍らの田中が見下ろしてくる。

「……やあ」

凭《もた》れていた壁から身体を離し、僕に向かって微笑みかけてきたのは——牧野だった。

無意識のうちに僕は後ずさろうとしてしまったのだが、田中の手が僕の背を支え、僕を我に返らせた。

「長瀬？」

僕の顔を覗き込んだあと、田中ははっとしたように顔色を変え、目の前の牧野へと視線を向けた。

「一昨日はどうも」

牧野が微笑みながら僕たちの方へと近づいてくる。

「…………」

驚愕《きょうがく》が通り過ぎると、彼への抑えきれない怒りが込み上げてきて、僕は思わず拳《こぶし》を握り締め彼を睨みつけた。と、そのとき、

「お前か？」

怒気を孕《はら》んだ声が横から聞こえたかと思うと、田中が僕の前に立ち塞がり、牧野の胸倉を摑んだものだから、僕は驚いて、

「田中？」

と彼の名を呼び、スーツの背にしがみついた。

「……なんだよ？」

牧野が眉を顰め、田中の手を振り解こうと手首を摑む。

「……お前が長瀬を殴ったのか？」

田中は逆に牧野の手を振り解くと、尚もその胸倉を摑み、彼を睨みつけた。

「離せよ。なんだ？　お前は？」

体格的にそれほど差がない二人がそのまま激しく互いの胸倉を摑み合い、争い始めたのを、情けないことに僕は止めることもできずにいた。

「お前なんだな？　一体どういうつもりだよ？」

「お前には関係ないだろう？」

いよいよ二人が殴り合いになりそうになってきたのに、このままではまずいと僕は必死で二人の間に割って入ると、田中を牧野から引き剝がそうとした。

「田中、やめろよ」

「いいから。長瀬は下がってろ」

田中が僕に告げたのを聞いた牧野の顔が、一瞬変に歪んだ。笑っているような怒っているようなそんな顔で僕を睨みつけたあと、牧野は、

「なんだよ、こいつもお前の男なのか？」

蔑みを最大限に込めた言葉を吐き捨てるようにして僕へとぶつけてくる。彼の剣幕に僕が一瞬息を呑んだそのとき、

「なんだと？」

田中が彼を怒鳴りつけ、拳で頬を殴った。

「田中！」

牧野の身体が地面に崩れ落ちる。その胸倉を再び摑むと田中は、

「ふざけるなよ？」

と怒鳴り、牧野の頬を再び殴った。

「田中！」

いつの間にか周囲に人だかりができている。誰が通報したのか遠くにパトカーのサイレン音が聞こえてきた。会社のエントランスからは数名の警備員が僕たちに向かって駆け出してきている。

さすがに田中も牧野も周囲の状況に我に返ったようで、互いから手を退《ど》けるとその場で立ち尽くした。

「田中……」

僕は田中に歩み寄り、彼の腕を摑んだ。と、牧野がそんな僕をまたあの蔑むような目で睨みつけたあと、汚らわしいとでも言わんばかりに道に唾《つば》を吐いた。

「所属と名前は？」

警備員たちに取り囲まれ問われる中、パトカーが到着する。

「何がありました？」

数名の警察官が駆け寄ってきて、警備員とまるで争うように大声で怒鳴り合っている。このまま警察に連行して事情を聞くという警官を、警備員達が制しているらしい。

赤いサイレンの灯《あか》りに照らされた田中の姿を目の前に、僕はまるで現実味のないこの状況をただ呆然と見守ることしかできずにいた。


結局警察に行くことは免れたが、僕たちは会社へと戻るよう強要され、警備員の控え室で待機させられた。牧野は手当てを申し出た警備員の手を振り切るようにして帰っていったらしい。すぐにまだ残業していたという人事部の人間がやってきて、

「一体どういうことだ？」

と田中と僕を詰問した。

以前、桐生との行為を警備員に見つかったときには、僕は被害者だと思われていたので、ただ課長が迎えに来て帰るだけだったのだが、桐生はこんな風に厳しい対応をされていたのか、と僕はそれどころではないというのにそんな呑気《のんき》なことを考えてしまっていた。

田中はただ一言、

「私から手を出しました」

そう言うばかりで、原因については一切触れようとしなかった。業《ごう》を煮やした人事が僕に質問しようとすると、

「彼は関係ありません」

田中はあくまでも僕を庇《かば》い、僕が口を開こうとするのをきつい眼差しで制した。

「君は確か、来月メキシコシティに駐在が決まっていたよな？　もし先方が訴えるようなことにでもなれば、駐在は取り消されるだろうし、なんらかの処分だって考えなきゃいけないんだけどね」

あまりに頑《かたく》なな田中の態度に人事の人間はそんな厳しいことを言ったが、田中は、

「申し訳ありませんでした」

と頭を下げるばかりで、それ以上の言葉は何も発しなかった。

警察をなんとかおさめた、という連絡があったのはそれから四十分ほどしてからだった。

「今日は帰って宜《よろ》しい」

溜め息交じりに告げた人事の管理職に頭を下げたあと、

「行こう」

田中は僕に向かって何事もなかったかのように微笑み、右手を出した。

「田中……」

会社を出たところで呼びかけると、田中は、

「気にするな」

そう言ったきり足を止めようとせず、そのまま駅に向かって歩き始めた。

「待てよ」

僕は慌てて後ろから彼の腕を掴んで足を止めさせると、彼の顔を覗き込んだ。

「気にするに決まってんじゃないか」

「……警察が来るとは思わなかったからなあ」

田中が苦笑し、僕の腕を掴んで自分の腕から外させる。

「田中……」

「俺が殴りたかったんだ。気にするな」

田中は僕に向かって微笑むと、不意に真剣な顔になった。

「待ち伏せでもされていたらいけない。お前、タクシーで帰れよ」

僕のせいで大変なことになりかけているというのに、尚も彼は僕の身を案じ、踵《きびす》を返すと、
会社の前のタクシー乗り場へと僕を促そうとする。

「大丈夫だよ」

一人で帰れる、と僕は首を横に振ったのだが、

「大丈夫じゃない」

田中は厳しい顔でそう言うと、マンションまで送って行こうとまで言い出したので、僕はそれは固辞し、彼の言うようにタクシーで築地へと向かうことにした。

「いいな？　誰に何を聞かれても何も言うなよ？」

田中は僕をタクシーの座席へと押し込みそう言うと「それじゃまた明日」と言い、にっと笑った。

「田中……」

僕が彼に何を言うより前に車は走り出し、田中の笑顔が後ろへと流れてゆく。

「田中……」

僕に向かって大きく手を振っている彼の姿を振り返って目で追いながら僕は、彼の身に何も——人事の管理職が言っていたようななんの処分も、ふりかからないことだけをひたすら祈り続けた。

田中は翌朝、姿を見せなかった。

どうしたんだろうと案じ唇を噛んだ僕のところに人事から呼び出しがかかった。驚いて指示された会議室へと向かうと、人事部長と人事課長が二人して僕を待っていた。

「困ったことになった」

開口一番にそう告げたのは課長の方だった。三友《みとも》銀行の、牧野の所属する部の部長から、昨日の一件を警察に届けるとの連絡があったというのだ。

「なんですって？」

驚いて声を上げた僕に課長は、

「……田中君には寮で謹慎して貰っているが、本当に困ったことになった」

溜め息交じりにそう言うと、一体原因はなんだったのか、と僕へと尋ねてきた。

「え……」

「喧嘩《けんか》の原因だよ。田中君が一方的に悪いのか、それとも先方にも非はあるのか。それでだいぶこちらの対応も違ってくる。幸いまだ先方は被害届を出す前らしいから、もし殴られたほうにも責任があるのだったらそれを申し出て、警察沙汰《ざた》は勘弁して貰いたい、と我々は考えているんだけどねえ」

課長が探るような眼差しを僕へと向けてくる。

「…………」

どうしよう——田中が牧野を殴ったのは、僕が彼に酷い目に遭わされたと察したからだ。それを知れば人事は『先に手を出したのはそっちだ』と嬉々《きき》として先方に申し渡すことだろう。

しかしその原因を――僕が牧野に殴られた原因を聞かれたとき、僕は何と答えればいい？　牧野も我が身が可愛いだろうから、まさか原因を公にすることはないだろう。が、僕の性癖を暴露する可能性はないとは言えなかった。

『こいつがどんな奴か知ってるのかよ』

汚らわしいものを見るかのように、僕を指差した牧野の顔が蘇る。

「長瀬君？」

名を呼ばれ、僕ははっと我に返った。

「どうかね？　本当に君は何も知らないのか？」

人事部長にまで尋ねられ、僕はどうしよう、と思いながらも、ついに顔を上げることができなかった。

卑怯《ひきょう》だ――とは思う。田中は僕のために苦境に立たされているというのに、僕は未《いま》だに保身の思いを捨てきれずにいるのだ。

「まあ、何か思い出したことがあれば何でも言ってくるように」

人事部長は諦《あきら》めたようにそう言うと、席に戻ってよし、と僕に告げた。

「あの……田中は……」

何か処分がされるのかが気になり、僕は部屋を出るときに人事課長に尋ねた。

「……警察沙汰になったら、社内的にも考えなければならないだろうね」

課長が苦虫を噛み潰したような顔で答えた横では、人事部長が大きく頷いていた。

そんな——と口を開きかけた僕に、何か言う気になったかと二人が身構えたのがわかった。

その姿に僕は再び口を開く勇気を失い、

「失礼します」

と頭を下げ、会議室をあとにした。

『警察沙汰になったら——』

人事課長の声が僕の頭の中で反響し続けていた。

警察沙汰になったら、田中の駐在は取り消されるのだろうか。何らかの懲戒処分を受けなければならないとすると、役職を持たない僕たちは一体どんな処分を受けるというのだろう。解雇、とまではいかないだろうが、減俸——？

どうしよう——と僕はエレベーターホールで唇を噛んだ。自分の階に戻るボタンを押すこともできず、その場に立ち尽くしてしまいながら、一体どうしたらいいのか、冷静に物事を考えようと必死で頭を巡らせていた。

三友銀行に警察への被害届を取り下げさせるには——被害者の牧野本人に出す意志がないと社に申し出て貰えばいいのではないか。

そう思った途端、僕は内ポケットから携帯を取り出していた。牧野に対するわだかまりなど今は気にしてはいられなかった。僕のために田中の社内の立場が——社内ばかりではない、警察が絡めば社会的な立場とて——悪くなるなんて、とても耐えられることではなかった。

コール音が携帯から聞こえてくる。一回、二回——。

『……はい？』

待ち受けに僕の番号が出たのだろう、不審そうな声で、牧野が電話に——出た。

「……長瀬だけど」

『ああ』

一瞬の沈黙が流れる。彼の周囲がやたらと静かなことに僕は気づいた。

「昨日は……」

彼もまた、自宅待機中なのだろうか、と思いつつ、如何に話を切り出すかを迷いながら話しかける。

『……何の用だ？』

取り付く島のない彼の冷たい声での返答に怯《ひる》みそうになりながらも、僕は、

「話がしたいんだ」

と汗ばむ掌で携帯を握り直した。

『……話？』

牧野はそうおうむがえしにしたが、やがて、投げやりな口調でこう告げた。

『……ああ、警察の件か』

「三友銀行は被害届を出すと言っているらしいけど……本当なのか？」

牧野は僕の問いには答えず、逆に僕に尋ねてきた。

『お前、今どこにいる？』

「会社だけど」

『話がしたかったら……俺のマンションに来い』

「え？」

牧野の言葉を聞く僕の脳裏に、金曜の夜に無理やり唇を塞がれながら見上げた彼の部屋の天井が、頬を張られたときの痛みがフラッシュバックのように蘇り、思わず絶句してしまったのだったが、牧野は僕の沈黙をどうとったのか、

『今日は休めと上司から言われているもんで、今、家にいるんだよ』

在宅の理由を説明したあと、マンションへのアクセスを説明し始めた。

どうしよう——。

混乱する頭で彼の声を聞きながら、僕は身体が震えてくるのを抑えることができずにいた。

『それじゃあな』

僕の答えを待たずに電話が切られる。

どうしよう——再び口の中で呟いてしまっていたが、牧野のマンションを訪ねる以外に田中を救う道はないということは、僕には痛いほどにわかっていた。

僕は大きく息を吐いて気持ちを切り替えると、エレベーターに乗り込み、そのまま一階のボタンを押した。

桐生――。

高速で下りていくエレベーターの浮遊感が、僕に誰より愛しい男の顔を一瞬思い起こさせた。

エレベーターはすぐに一階に到着し、僕は頭に浮かんだその顔から逃れようとでもするかのように、タクシー乗り場へと向かって勢いよく駆け出し、待っていた車に乗り込んで牧野のマンションの住所を告げた。

5

「よお」

インターホンで名を告げると、すぐに牧野はドアを開いて僕を迎え入れた。数日前に訪れた彼の部屋へと足を踏み入れながら、僕は自分で自分を抱き締めるようにして身体の震えを抑えていた。

牧野に殴られた頰の痛みが、易々《やすやす》と片手で押さえ込まれたときの屈辱感が、僕の脳裏に蘇る。

彼は一体何を思って僕をマンションへと呼び出したのだろう――その動機を半分予測し、半分その予測が外れることを期待しながら、僕は彼のあとに続いて部屋へと入った。

「座れよ」

1DKの室内、牧野は自分のベッドに腰をかけ、僕に床に座るよう目で示した。口の端が少し切れており、目の下がかすかに青黒かったが、頰の腫れは引いていた。僕は言われた通りに彼の前に腰を下ろし、どうやって話を切り出そうかと頭を巡らせた。

「……昨夜あのあと、事情聴取のため警察に連れていかれてさ」

先に沈黙を破ったのは牧野だった。面倒くさそうに話をはじめた彼の顔を僕は無言で見上げた。

「社名と名前を聞かれたと思っていたら、速攻会社の方に連絡入れられてさ。今朝、部長から『自宅で謹慎していろ』と電話があった。『殴ったのか』と聞かれたから『殴ってない』と答えたら、警察にそれを届けろってな。警察沙汰になったっていう不名誉を払拭《ふっしょく》するためにも、どうしても自分のところの社員を『被害者』にしておきたいらしい」

牧野はそう言うと、馬鹿馬鹿しい話だな、と僕に向かって肩を竦めてみせた。

「…………」

会社の命令だったのか——確かに会社としたら社員が『喧嘩で警察沙汰になった』というよりは、『一方的に殴られた被害者だった』ということにしておきたいだろう。

牧野が積極的に被害届を出そうとしたのではないということは、ある意味僕をほっとさせたが、逆に会社の——上司の命令だとするのなら、彼にそれをやめさせるのは余程困難なのではないかと思い当たり、一体どうしたものかと唇を噛んだ。沈黙が二人の間に流れる。

「……で？」

黙り込んだ僕に、牧野が苛《いら》ついた声をかけてくる。

「え？」

逡巡《しゅんじゅん》から呼び起こされ、僕は顔を上げて彼を見やった。

「話をしに来たんじゃないのかよ」

牧野が足を組み直し、僕を見下ろす。相変わらず彼の視線には蔑みの色が満ち満ちていて、いやでも僕にあの夜のことを思い起こさせた。が、今はそんなことにいちいち傷ついている場合ではなかった。

「……被害届を……警察に出さないで欲しい」

僕の言葉に、牧野は一瞬目を見開いたが、何も言わずにそのまま僕の顔を無言で見返し、話の続きを促した。

「……田中は……昨日牧野を殴ったのは、同期の友達なんだけど、田中は駐在に出ることが決まってるんだ。でももし昨日のことが警察沙汰になってしまったら、その駐在を取り消されるかもしれないし、社内で処分を受けるかもしれない」

気ばかりが急《せ》いてしまって、思うように言葉が出てこない。僕が必死に言葉を探し喋《しゃべ》り続けるのを、牧野は冷たい眼差しで見つめていた。

「……勿論、お前を殴ったことは悪かったとは僕も思ってる。だけどそれも全部僕を庇ってのことで……それで田中の人生が狂ってしまうとしたら、僕は……」

「『僕は』？」

ここで牧野が初めて口を挟んだ。

「え？」

不意のことに思わず問い返した僕に、牧野がにやりと笑う。

「『僕は』……どうするって言うんだよ？」

「…………」

牧野の意図を探ろうと、細めた目で僕を見据える彼を、僕もまた真っ直ぐに見返す。

「黙ってられちゃわからないな。『何でもする』とでも言うのかよ」

唇の端を上げ、さも馬鹿にしたように微笑みながら、牧野が僕に尋ねる。

「……僕にできることなら……何でもしようと思っている」

答えた言葉は——本心だった。だが僕の真剣な思いを嘲笑《あざわら》うかのように牧野は「はっ」と笑い、肩を竦めてみせたあと、

「『できること』ねえ」

僕の身体を舐《な》めるように上から下まで見下ろし、またにやりと笑った。

「お前にできることっていえば……そうだな」

牧野が言おうとしていることを、僕は自分を見つめる彼の蔑みきった眼差しから半ば察していた。だが実際彼の口から、

「男に可愛がられてるお前の特技を見せてもらおうか」

という言葉を聞いた瞬間、やはり全身から血の気が引けていった。

「慰めてみせろよ。殴られた俺を……そしたらまあ、考えてやってもいいぜ？」

言いながら牧野は組んでいた足を下ろし、ベッドに腰掛けたまま自分でジーンズのファスナーを下ろし始めた。僕はその場で固まってしまい、彼の動きを見つめることしかできずにいた。

「何、ぼうっとしてんだよ。ほら」

牧野が目で、来い、というように僕を促す。それでも僕がその場を動けないでいると、牧野は、

「『何でもする』んじゃないのかよ？」

馬鹿にしたような微笑みを向け、ほら、と再び僕に向かって、自分の前まで来い、と顎をしゃくってみせた。

どうしよう――今更『どうしよう』などと言っていられないことは、誰より自分がわかっているはずなのに、それでも僕の頭に浮かんだ言葉は『どうしよう』という呑気なものだった。

そんな自分の甘さを振り切ろうと僕は意を決して立ち上がり、牧野の前まで歩み寄るとベッドに座る彼を見下ろした。

「悦ばせてみせろよ。いつもやってるように」

牧野が僕に座れ、と目で示す。僕は彼から目を逸《そ》らすと彼の前に膝をついて座り、

「ほら」

と彼がファスナーの間から取り出したそれへと——彼自身へと手を伸ばした。

たいしたことじゃない。たいしたことじゃないんだ——いくらそう思おうとしても、僕の手は震えた。彼のそれを握り込み、我ながらぎこちない手つきで扱き始めると、牧野の手が伸びてきて僕の後頭部を押した。

口でやれというのか、と察し、彼に促されるままにそれへと顔を近づけたとき、不意に上から、牧野の蔑みきった声が降ってきた。

「田中って奴も、お前の男なのか？」

「違う！」

僕は思わず顔を上げて答えたのだが、そのときなぜか傷ついたような顔で僕を見下ろしていた牧野と目が合ってしまった。牧野は僕の視線をとらえたことに瞬時狼狽《ろうばい》したような表情を見せたが、やがて再びふてぶてしい笑みをその顔に浮かべ、肩を竦めた。

「なんだ、俺はてっきり奴にもヤられてるんだと思ってたよ」

「……田中は違う……田中はそんな奴じゃない」

そう、田中は、牧野に蔑まれるような男では決してないのだ。田中は僕を『守る』という桐生との約束どおりに僕を庇ってくれただけだ。常に僕を労わり、僕を救おうとしてくれる——損得勘定も何もなく、いつも僕を思いやってくれる、そんな彼を誹謗されることだけは、僕はどうしても許せなかった。

「僕は確かに男に抱かれるような男だけど、田中は違う。田中は……っ」

激昂《げっこう》し立ち上がりかけた僕に向かって、牧野の右手が振り下ろされる。

殴られる――僕はその気配を察し、思わずその場で目を閉じてしまったのだったが、彼の手が頬にあたることはなかった。

「？」

薄く目を開いた僕は、再び僕を見つめる牧野の、酷く傷ついたような顔を見た。

「……篤き友情、か」

僕と目が合ったことに気づくと、牧野はわざと乱暴な口調でそう言い捨て、おもむろに立ち上がった。僕の身体を押し退《の》け、自らジーンズのファスナーを上げる。

「…………」

膝を立てた状態でベッドの前に座っていた僕もつられて立ち上がった。牧野は暫く僕に背を向け佇《たたず》んでいたが、やがて前を向いたまま、

「……高知で……」

ぽつりと呟くと、話を始めた。

「……坂本の結婚式で高知に行ったとき、お前があの男といるところを見てしまってから……なんだかお前と、あの男のことが気になって仕方がなかったんだ」

一体彼は何を言おうとしているのだろう。肩を落とし話し続ける牧野の背中を、僕は無言

で見つめていた。

「別にずっと……学生時代から、お前のことをそういう目で見ていたわけじゃない……いや、もしかしたらずっと自分の思いに気づかなかっただけなのかもしれないが……」

牧野はここで僕を振り返り——呆然と彼を見つめていた僕の視線を避けるようにしてまた目を逸らすと、再びぼそぼそと喋り始めた。

「お前を抱きたいと——たまらなくお前を抱きたいと思う自分の心を抑えられなかった。お前を酔い潰して部屋に連れ込んではみたものの、こんなことをしていいと思っているのかという自分の葛藤《かっとう》の声を内心聞いていた。だがお前が……」

牧野が僕へと視線を戻す。僕は何を喋ることもできず、黙ったまま彼の言葉の続きを待った。

「お前が……剃毛しているのを見て俺は酷く動揺してしまった。激昂したといってもいい。頭のどこかで、お前とあの高知に一緒に来た男との仲を疑ってはいたけれど、実際にお前がそういうことをしているとは、実は思いたくなかったんだろう。自分勝手な話だが、俺はなんだかお前に裏切られたような気持ちになってしまった。あの男には無毛のそれを晒して抱かれるくせに、なぜ俺の手はそんなにも拒むのか——抑えようがないくらいに腹が立ってしまい、力ずくでもお前の身体を自由にしようとしてしまった」

牧野は一気にそこまで喋ると立ち尽くしている僕に向かって、深々と頭を下げてきた。

「……すまなかった」

「……牧野……」

彼の謝罪に僕はなんと答えていいのかわからず、ただ項垂《うなだ》れる彼を見つめることしかできずにいた。

彼が——牧野が僕を『抱きたい』と思っていたことなど、僕は少しも気づかなかった。桐生以外の人間からそういう対象として見られるということを、僕は考えたことがなかったのだ。

それだけに牧野の告白は僕を絶句させるには充分で、僕はじっと頭を下げている彼の前で呆然としてしまっていたのだが、牧野がいつまでも頭を上げようとしないのにようやく気づいて、彼の腕を軽く摑んだ。

「……頭……上げてくれよ」

気にするな——とはどうしても言えなかった。そんな僕の心を察したのだろう、牧野は一段と深く頭を下げると、

「本当に申し訳なかった」

再び謝罪し、顔を上げて真摯な眼差しで僕を見つめた。が、やがて、ふっとその顔を苦笑に似た微笑で崩した。

「……昨夜俺を殴った男もきっと……お前のことが好きなんだろうな」

「……え？」

「……お前があんなに真剣に怒る顔、俺、はじめて見たよ」

ぽそり、と僕を見ずに牧野はそう言うと、再びベッドに腰を下ろし、口を開いた。

「田中――っていうんだったな。あいつの顔見た瞬間、絶対こいつもお前に惚《ほ》れてると直感した。お前はこいつにも抱かれてるんじゃないかと思うとなんだかむしゃくしゃして、会社の言う通り暴力を受けたと被害届を出してやってもいいか、と投げやりになってた。そこへもってきてお前が、あいつを助けてくれ、なんて言ってきたものだから益々腹が立って……」

牧野はそこで一瞬黙り込むと、僕へと視線を向け、また苦笑してみせた。

「……お前が『田中はそんな奴じゃない』と怒る姿見てたら、なんか気が抜けてしまったよ」

「牧野……」

彼の名を呟いた僕に、牧野は言葉を選んでいるのか、少し首を傾げるようにしながら話を続ける。

「気が抜けた、というよりは、なんていうか……恥ずかしくなった。もともとお前は俺のモノなんかじゃ勿論ない。俺の勝手な思い込みで『裏切られた』とか『騙《だま》された』とか思っただけじゃないか……やっとそんな当たり前のことに気づいた。金子や坂本が言うように、お前はお前なのに……」

「…………」

小さく溜め息をついた牧野が、顔を上げて僕を真っ直ぐに見上げる。

「あいつも……田中も、きっと俺のような気持ちでお前のことが好きなんだろうに——そう思ったら、なんだかあいつがとんでもなく羨ましくなってしまったよ」

「……え？」

意外な彼の言葉に僕が思わず小さく声を上げると、牧野は笑って肩を竦めてみせた。

「同じ報われない者同士なのに、俺ばかりが悪者になるのも、割に合わないしな」

「牧野……」

「だからさ」

牧野が勢いよくベッドから立ち上がる。

「安心しろ。警察沙汰にはしない。会社にはこれから電話する。よかったら聞いていくか？」

そうして彼は僕の両肩に手を置き、顔を見下ろして、にっと笑った。

「牧野……」

僕に頷いてみせたあと、牧野はジーンズの尻のポケットから携帯を取り出し、どこかへとかけはじめた。

「あ、部長、牧野です。今、宜《よろ》しいでしょうか？」

電話に向かって話し始めた彼に僕は、

「……有難う」

小さな声で礼を言うと、踵を返しドアへと向かった。

「警察への届け出の件なのですが、今朝方は言いそびれましたが……ええ、実は喧嘩の原因は私にもありまして……」

背中で牧野が冷静な声で話しているのを聞きながら、僕は靴を履《は》きそのまま玄関の戸を開いた。僕なりに牧野の言葉を信じている、ということを示したかったがゆえに、こうして彼の電話を聞かずに帰ろうとしたのだったが、牧野はそれを分かってくれたのだろう。ドアを閉めるときに振り返ると、彼は電話に向かって喋り続けながら、僕に微笑み、右手を上げてくれた。

「有難う」

僕はもう一度そう呟くと、彼に頭を下げ、そのままドアを閉めたのだった。

会社に戻った僕は、長時間の離席の説明を野島《のじま》課長に求められ、酷く叱責されたが、「申し訳ありませんでした」とただ頭を下げ続けて彼が追及を諦めるのを待った。

人事から昨日の田中の喧嘩騒ぎを聞いていた野島課長は、それだけに心配だったのだろう、随分長い間僕を宥《なだ》めたりすかしたり、怒鳴りつけたりして話を聞き出そうとしていたが、三十分ほどして人事が部長あてに『警察沙汰にはならず、よって田中への処分はなし』という連絡を入れてきたことが伝わると、

「秘密主義もいい加減にしておけよ？」

呆れながらも僕を許してくれ、田中にはお咎めなし、という情報をも教えてくれた。

怒られたばかりだったが僕は再び席を外すと、田中の携帯に電話を入れた。田中にも人事と、そして部長から連絡があったそうで、

『心配かけてすまなかったな』

と逆に僕に謝ってきたものだから、僕は慌てて「何言ってるんだよ」と彼の謝罪を遮り、僕から彼に謝った。

「本当にごめん」

『気にするなって言っただろ？　俺が奴を殴りたかったんだからさ』

田中は笑って僕の謝罪を流したあとに真剣な口調になり、いつものように過ぎるほどに親切な申し出をしてきた。

『気をつけろよ？　また逆恨みでもされたら大変だ。今夜、迎えに行ってやろうか？』

「大丈夫だよ」

慌てて固辞しながら僕は、牧野の家を訪ねたことは田中には黙っていよう、と密かに心に決めていた。結果的にはいい方に転んだとはいえ、心配性な田中がまた激昂するのではないかとそれこそ心配になったからだ。

それじゃあまた明日、と電話を切り、席へと戻る道すがら、僕は牧野のことを考えた。

彼も社内で処分を受けることがないといいが――業種的に商社より銀行の方が、なんとなく社員の素行に厳しいようなイメージがある。

また、当社に『警察に届け出る』と息巻いてみせたあとにそれを引っ込めざるを得なくなったという状況も、牧野にとってはまずかったのではないか、と僕は彼の去就を――社内での処分を心配した。

電話をしてみようか、と思ったが、まだ僕は彼と二人きりで向かい合うのを、どうしても躊躇ってしまっていた。謝罪を受けた今となっては、彼が僕の身に与えた暴力や、蔑みの言葉を、僕は頭では許していたが、わだかまりがないといえば嘘になった。

いつか――今まで通りにまた彼とふざけ合い、笑い合い、共に語り合う日が来るのだろうか。

来るといいな、と僕は思い、来るに違いない、と思い直した。

殴られた痛みがいつまでも身体に残っていないように、心に受けた傷も、互いの間に出来てしまった溝も、いつか綺麗に癒《い》えるときが来るに違いない。何より僕たちは、大学時代を共に過ごした仲間なのだから。

金子や坂本が僕の性癖を気にしないと笑ってくれたように、僕もいつか、牧野に対してなんら屈託なく微笑むことができるだろう。

自身の言葉に頷くと、僕は心の中で再び牧野に礼を言い、またも離席してから随分時間が経ってしまったことに気づいて慌てて席へと戻った。

翌朝、田中は何事もなかったかのように出社した。牧野からは直接はなんの連絡もなかったが、金子から、

『牧野が謝罪してきた。また皆で飲もうぜ』

というメールが届いた。

『了解。楽しみにしています』

返信しながら、牧野は元気なのか――社内で処分を受けたりはしていないのか――と金子に尋ねて貰おうかとも思ったが、なぜ、と聞かれたときに答えようがないと思ってやめておいた。

先週殆ど仕事が手につかなかったせいか、それから僕は山のような仕事に追われ、一日一日が物凄いスピードで過ぎていった。

桐生からは毎朝電話を貰った。向こうは夕方の忙しい時間なのだろう、

『元気か？』

会話は毎回、そんな短いものだったが、毎朝彼の声を聞けるのは嬉しかった。寝ぼけて出るのが遅れると、桐生は一瞬ほっとしたように溜め息をついたあと、思い出したように、

「遅い」

と不機嫌になる。僕を心配してくれているんだなと思うと、それだけに申し訳なく、同時にとても嬉しくなった。

金曜日の夜中──土曜日に日付が変わるころ、桐生から珍しく携帯に電話があった。

「もしもし？」

まだ残業中だった僕は電話に出ながら、周囲の目を気にして──こんな時間なのに、まだ同じ課の皆は席にいたのだ──エレベーターホールへと向かった。

『ああ、俺だ。今、いいか？』

明かりの消えたエレベーターホールでは、携帯から響く桐生の声が少し反響して聞こえる。

「うん」

答えた僕の声も反響していたのか、

『なんだ、まだ会社か』

桐生は少し呆れたような声を出した。ワーカーホリックの彼に言われたくない、と思いつつも、

「そうだけど？」

と答えると、

『残業で疲れてるところ申し訳ないんだが』

あまりにも彼がらしくない言葉を口にしたものだから、僕は驚いたあまり思わず問い返してしまった。

「どうしたの？」

『なんでそんなに驚くんだよ』

電話の向こうで桐生がわざとむっとした声を出し、絡むようなことを言ってくる。

「別に驚いてなんか……」

もしかしてこういう会話は――痴話喧嘩、と言うんじゃないだろうか。そう思った途端なんだかくすぐったい気持ちになってしまい、僕は頬が赤らむのを誤魔化そうとして、ぶっきらぼうにも聞こえるだろう口調で尋ねた。

「それより、どうしたの？」

『あのな』

桐生は僕のそんな気持ちがわかるのか、くすりと笑ったあと、囁くようにこう告げた。

『なんとか全て前倒しで仕事を終えることができた。これから出国する。明日の十五時二十五分成田着予定の全日空なんだが……迎えに来てくれるか』

「え？」

嬉しすぎる驚きに、僕は言葉を失ってしまった。桐生の帰国予定は日曜の筈《はず》だった。間に帰国している為に、日程は長くはなっても短くなることはあり得ないと思っていたし、電話やメールから彼が忙しそうな様子が窺えていただけに、この一日早い帰国の報は胸が高鳴るほどに嬉しかった。

『もしもし？』

黙り込んだ僕を不審がり、桐生が問いかけてきたのに、僕はようやく我に返ると、

「勿論！　迎えに行くよ！」

あまりにも弾んだ声を出し、彼の失笑を買った。

『元気そうでなによりだ』

桐生はそう笑うと、それじゃまた明日、と言って電話を切ろうとした。

「桐生」

明日会えるというのに、僕は思わずまた彼を呼び止めてしまった。

『ん？』

桐生が問い返す後ろでは、もう空港にいるのだろう、英語のアナウンスの声が聞こえていた。

「入国ゲートの前で待ってるから」

『え？』

周囲に流れる放送のおかげで電話が聞き取りにくいのか、桐生が大きな声を出す。その瞬間、僕はこの状況に乗じてしまおうと小さな声で、電話に向かって囁いた。

「愛してる」

恥ずかしくて、とても面と向かっては言えないだろう言葉を告げた電話の向こうからは相変わらず、やかましいくらいのアナウンスの声が聞こえていた。僕が再び本当の用件を――『入国ゲートで待ってる』という言葉を伝えようと、

「明日……」

と大きな声で呼びかけたとき、

電話から桐生の少し掠れた声が、耳朶を擽《くすぐ》るように響いてきた。

『俺もだ。愛してる』

「……え……」

聞こえていたのか、と思った途端、一気に頭に血が上るのを感じた。黙り込んでしまった僕に向かって、

『電話越しじゃつまらない。また明日同じ言葉を聞かせてくれ』

桐生は笑うと、入国ゲートで待ってろ、と言って電話を切った。

燃えるように頬が熱い。電気も消された無人のエレベーターホールで、僕は一人顔を赤ら

め、ぼんやりと立ち尽くしてしまっていた。

『俺もだ。愛してる』

桐生の囁く声が再び僕の耳に蘇る。

会いたい——明日の夕方には会えるというのに、その十数時間が今の僕には我慢できそうになかった。

6

翌日、予定より随分早い時間に成田空港に到着してしまった僕は、全日空が予定通りに到着するという表示を見てほっと一息ついた。喫茶店や本屋で時間を潰そうとしても、苛々してしまうばかりで少しも時計の針は進まない。

じりじりしながら十五時二十五分になるのを待ち、ジャストくらいの時間にはもう入国ゲートへと向かってしまった。勿論飛行機が到着してから入国ゲートに桐生が現れるまでにはそれから数十分はかかると知ってはいたが、とてもじっと待ってはいられなかったのだ。

ふと我に返ると、自動ドアが開く度に桐生の姿を捜している自分が、なんだか可笑しかった。たかが二週間の出張——その上、間に一度彼は帰国してくれているというのに、まるで数年間会えなかった人を迎えるような悲愴な表情を自分が浮かべていることに気づいたからだ。

彼の仕事が忙しいときには、一週間や二週間、顔を見られないことはザラだったはずなのに、物理的に二週間、絶対会えない——アメリカから一泊三日で帰ってくるなんて考える上にそれを行動に移すのはきっと桐生くらいのものだ——という状況に陥ると、どうしても会いたくなってしまう。声を聞きたくなってしまう。抱き締められたく、そしてその背を抱き締めたくなってしまう。まるで子供が駄々をこねてるみたいだ、と我ながら少し情けなくなった。

自分がこんなに我慢のきかない性格だったなんて、今まで全く気づかなかった。桐生と出会ってから——彼を好きになってから、僕は色々な自分を発見する。

意外に涙脆《もろ》いもろいことも、酷い我が儘であることも、そして驚くほどに嫉妬《しっと》深い性格であることも——桐生を好きになるまで、僕はそんな自分自身をまったく意識したことがなかった。

それは多分、今まで彼を想うほどに、他人《ひと》を好きになったことがなかったからかもしれない。

『愛してる』

その言葉を、実は僕は他人に囁いたことがなかった。人並みに異性との交際もしてきたが、なんと言うか——桐生を想うように、心から人を愛しいと思ったことは今までなかったように思う。

こんなにも会いたいと思い、その腕を恋しいと思い、求められる幸せと、貪欲《どんよく》なまでに求める己の我が儘を——今まで僕は自分の中に感じたことはなかった。

「桐生……」

ぼんやりとそんなことを考えながら、知らぬうちに彼の名を呟いてしまっていた僕の目の前で、自動ドアが何百回目かに開いた。

「桐生！」

ドアの向こうに待ち詫びていた彼の姿を見出し、思わず名を呼び駆け寄ろうとした僕の足が止まる。

「ご苦労」

笑顔で僕に向かって片手を上げた桐生の後ろから、やはり笑顔で僕に向かって会釈を返してきたのは——滝来氏だった。

一緒だったのか——全く知らなかっただけに、僕は一瞬酷く動揺してしまった。よく考えてみれば、桐生の出張スケジュールだって知らないのだから、同行者についても知らなくて当然であるのに、僕の愛想笑いは自分でもわかるくらいに酷く歪んでしまっていた。

「ご無沙汰しています」

滝来氏はにっこりと僕に微笑みかけたあと、桐生に向かって、

「では私はNEXで帰りますので」

と頭を下げ、その場を去ろうとした。

「お疲れ様でした。また月曜に」

桐生が彼の背中に声をかけると、滝来氏は振り返って桐生に笑顔で会釈をし、再び踵を返

すと足早にロビーを突っ切って行った。その姿を目で追っていた僕は、頭をコツンと後ろから軽く叩かれ、ようやく桐生へと視線を戻した。

「……おかえり」

「どうした？」

桐生が意味深な笑いを端整なその顔に浮かべ、額を合わせるようにして僕の目を覗き込んでくる。

「人が見るよ……」

慌てて身体を引きながら、僕はできるだけなんでもないふうを装って、彼の方を見ずに尋ねた。

「滝来さんも……一緒だったんだ」

「ああ。火曜日に合流した。彼の働きのお陰で早く帰れたようなものさ」

桐生は屈託ない調子でそう笑うと「そうなんだ」と相槌を打った僕の前に右手を差し出した。

「なに？」

「車のキー」

にっと笑ってそう言う桐生に僕は、

「疲れてるだろ？　僕が運転するよ」

そのために来たんだから、と答え、彼の前に立って出口に向かって歩き出そうとした。が、桐生はそんな僕の腕を摑んで自分の方へと引き寄せると、

「おい？」

振り返った僕の耳元に唇を寄せ、笑いを含んだ声で囁いた。

「一刻も早く帰りたいからな。キー寄越せよ」

「……え？」

眉を寄せた僕に、桐生がくすりと笑い、再び耳元に口を寄せる。

「二週間も我慢に我慢を重ねた上にそんな可愛い顔見せられて……俺が我慢できるわけがないだろう」

「なっ……」

『可愛い』ってなんだよ、と思いながらも、耳朶にかかる彼の息の熱さに僕自身もそれこそ『我慢できる』状況ではなくなってきてしまった。

「……何を言ってるんだか」

悪態をつきはしたものの、言われたとおりにキーを手渡す僕の背中を桐生は抱き寄せると、

「行こう」

と促し、僕たちは駐車場へと向かった。

道は比較的空いていたが、それでもマンションに到着するまでの時間は酷くもどかしく感

じた。桐生がギアに手を伸ばす度に、その手の動きを僕は無意識のうちに目で追っていた。

車内では、最初に出張の話を少ししたが、時間が経つにつれ僕たちは殆ど無言になった。ようやく銀座の街並みが遠くに見えてきたとき、僕が思わず小さく溜め息を漏らすと、桐生は、くす、と笑って僕の腿《もも》へと右手を伸ばし、軽く握りしめながら僕の顔を見た。

彼の手が置かれた部分が酷く熱い。互いの目の中に僕たちは抑える必要のない欲情の焔《ほむら》を認め合い、言葉なく再び頷き合うと、また視線を前へと戻した。

車を駐車場に停《と》め、マンションのエントランスを入って無人のエレベーターに乗り込んだ途端、桐生は僕を抱き寄せ痛いほどのくちづけを与えてきた。

「……っ」

くらりと来たのは急速なエレベーターの上昇のせいではなかった。彼の舌がきつく僕の舌に絡み、吸い上げてくるのに自らも舌を絡めて応えながら、僕は彼の背中にしがみつくようにして崩れ落ちそうになる身体を支えていた。

エレベーターが三十八階に到着し、扉が開くと桐生は漸く唇を離し、潤《うる》んだような瞳で僕を見下ろし、小さく笑った。

玄関に入ると靴を脱ぐのももどかしく僕たちはその場で唇を合わせながら、互いの服を剝ぎ取るようにして真っ直ぐに寝室へと向かった。シーツを新しくしたのに桐生はすぐに気づいてくれ、既に全裸にした僕をその上へと寝かせると、くすりとまた笑った。

「……なに？」

あまりにも準備万端、というのがミエミエで恥ずかしくもあった僕は、照れ隠しもあって彼の顔を見上げた。

「……気が狂いそうだった」

桐生がゆっくりと僕へと唇を落としてくる。瞼に、頬に、こめかみに、そして唇に――数え切れないくらいのキスを落としてくれながら、桐生は掌で僕の胸を弄り、既に勃ちきっている雄を僕のやはり勃っていたそれへとぶつけてきた。僕は堪らず自ら彼の身体の下で大きく脚を開くとその脚を彼の腰へと絡めていった。

「……今度は、絶対お前を連れて行く。どこに行くにも、何があってもだ」

僕を見下ろす桐生の眼差しはあまりにも真摯な色を湛《たた》えていた。無理だよ、と笑おうとしたはずなのに、目の前の彼の顔が不意に翳《かす》む。それが込み上げてきた涙のせいだと分かる頃には、桐生は僕の目尻へと唇を寄せ、涙を拭い去るかのように何度も唇を落としてくれた。

嗚咽の声が漏れそうになる僕の身体を抱き寄せる彼の右手が僕の後ろへと伸びてきて、彼を求めるそこを優しく解《ほぐ》し始める。

「……あっ……」

零れる声がいつも以上に熱い。僕は桐生を求め、両手両脚で彼の背中を抱き締めた。

「……もう……離さない」

桐生の囁きは僕の胸を詰まらせ――同時に僕を酷く昂《たか》めていった。彼がそこへと猛《たけ》る雄を捻《ね》じ込んできただけで達しそうになるのを僕は必死で意識を繋ぎ留めて堪え、共に達することを望んで、激しく動き始めた彼の背に力いっぱいしがみついていった。

互いの欲情は尽きることを知らなかった。彼の力強い突き上げが僕を幸福の絶頂へと導き、落とされるくちづけが、抱き寄せられる力強い腕が、何か確固たる証のように思えてまた僕を幸せな気持ちにさせてくれた。

最後は意識を失うようにして彼の胸に倒れ込んでしまった僕は、彼の大きく上下する胸の上で、早鐘のように打つその鼓動の響きを頬に感じながら、なぜだかまた一人で涙を流した。

桐生がここにいる。手の届くところにいる――そう思うだけで涙が止まらなくなっていた。

桐生はそんな僕の背を優しく抱き締めながら、耳元に囁きかけてきた。

「どうした」

「……おかえり」

今更のようにそう呟いた僕に、桐生はくすりと笑いながらも、

「ただいま」

と囁き返し、腕の中の僕の背をまたも力強く抱き締め直してくれたのだった。

夜中にぽっかりと目が覚めたとき、僕は桐生の胸に抱き込まれたままだった。喉《のど》が渇いたな、と頭を擡《もた》げると、

「ん？」

と眠そうな桐生の声がする。

「ごめん……起こした？」

謝罪の言葉を告げた僕の唇は彼の唇に塞がれてしまった。短いキスのあと、

「……水？」

と尋ねてきた彼に、うん、と頷くと、

「待ってろ」

桐生は全裸のまま寝台を下り、部屋を出て行こうとした。

「大丈夫、自分で……」

僕も全裸のままベッドを降りる。と、彼は「一緒に行くか」と笑って僕へと手を伸ばした。二人手を繋いでキッチンへと向かい、冷蔵庫から出した一本のエビアンを順番に口飲みした。そのうちなぜかその場で唇を重ね始めてしまったが、二人の身体の間でまたも桐生の雄が形を成してきたのには、いつものことながら驚かされた。

「……タフだね」

それを見下ろしぼそりと呟いた僕の言葉が彼のツボに嵌《はま》ったようで、桐生は珍しく声を上げて笑うと、

「おいで」

と再び僕の手を取り、リビングへと僕を導いた。

臨海の夜景を見下ろすリビングの窓辺のソファに並んで腰掛け、僕は桐生の裸の胸に身体を寄せた。桐生も僕の肩へと腕を回し身体を抱き寄せてくれる。

「……寒くないか？」

窓ガラスに全裸の二人が映っていた。均整のとれた桐生の見事な体軀《たいく》の横の自分の貧相な身体が不意に恥ずかしくなり、僕は彼の胸に顔を埋めるようにして窓ガラスから視線を逸らすと「うん」と小さく頷いた。

「……何があった？」

『寒くないか』と囁かれたのと同じトーンでそう尋ねられた瞬間、僕は彼が一体何を言っているのか、その意味がわからなかった。

「……え？」

彼の温かな胸から顔を上げ、端整なその顔を見上げるうちに、僕は彼が、先週僕の身に起こったことを尋ねているのだ、ということをようやく理解した。

「……あ……」

再び彼の胸に顔を伏せた僕の背を、桐生は抱き寄せると、

「……ま、いいけどな」

苦笑するように笑い、僕の額に唇を寄せてきた。

桐生は——桐生は僕が思う以上に、なんというか、大きな男なのかもしれない。

そう思った途端、彼の出張に滝来氏が同行しただけで嫉妬《しっと》を感じてしまったことが恥ずかしくなった。僕といるときの桐生はちょっとしたことですぐ不機嫌にもなったが——例えば田中とゴルフに行く、と僕が言ったくらいのことで、だ——本当に僕が傷ついていると察したときには、彼は何も聞かずに僕をその温かな胸に抱き寄せ、傷を癒《いや》そうとしてくれる。

「桐生……」

僕は顔を上げ、愛しいその名を呼んだ。

「ん？」

僕の背を抱き直し、桐生が微笑みかけてくる。

「……何も……なかった」

彼の眼差しを真っ直ぐに受け止め、僕は声に力をこめて彼にそう囁いた。桐生はそんな僕の顔を暫し見下ろしていたが、やがて、

「そうか」

と微笑むと、僕の頬へと手をやり、唇を寄せてきた。

「……桐生……」

唇が触れる瞬間、僕は再び彼の名を呼んだ。

「なに？」

ついばむように一瞬唇を重ねたあと、桐生が掠れた声で尋ねてくる。

「……愛してる……」

桐生の唇が僕の唇の間近で止まった。僕は彼の胸に顔を伏せながら、再び小さな、でもしっかりした声で呟いた。

「愛してる……」

「……俺もだ」

頷いた桐生が僕の腰に両手を回すとそのまま僕の身体を抱き上げ、自分の膝の上に彼の身体を跨《また》ぐようにして座らせた。そうして僕と正面から顔を合わせると、桐生は再び僕と額を合わせ、唇を寄せてくる。

「……愛してる」

「……僕も……」

愛してる、と囁き、僕は彼の首に両手を回すと、自分から彼へとくちづけていった。桐生の手が僕の背中を愛しげに撫で回してくれている。唇を合わせながら、僕は既に勃ちつつある彼の雄に、自分の雄をぶつけるように腰を動かし始めた。桐生はすぐに気づいて、片手に僕の雄と彼自身を同時に握りこみ、二本を擦り合わせるようにして扱き出した。

「……んっ……ふっ……」

合わせた唇の間から僕の声が漏れるのを楽しむように、桐生は時折くちづけを途切れさせ、その手の動きを速めていった。

彼の雄はすぐに勃ち上がり、先端から零れる液が僕自身をも濡らしてゆく。二つが絡まる度に濡れたような淫猥《いんわい》な音が周囲に響き渡り、その音がますます僕を興奮させていった。

桐生は自身と僕から手を離すと、僕の後ろを弄り、僕の身体を少し浮かせるようにしてそこへと彼自身を埋め込んできた。

「……んんっ……」

ずぶずぶと彼が難なく僕の中へと入ってくる。先ほどまでさんざん彼を咥《くわ》え込んでいたそこは、再びそれを迎える悦びに打ち震えるかのように、ひくひくと細かく痙攣《けいれん》した。その刺激に桐生が低く声を漏らす、そのことにも僕の興奮は昂まり、堪らず彼に縋りつくと自ら腰を上下させてしまっていた。桐生も僕の腰に回した両腕に力を込め、激しく腰を使い始める。

「……あっ……はぁっ……あっ……あっ……あっ……」

淫靡《いんび》な響きを湛えた高い嬌声《きょうせい》が自分の口から漏れているものだということに僕が気づいたのは、彼が僕の中に精を吐き出し、同時に達した僕の背中をぎゅっと抱き寄せてきたあとだった。

はあ、と大きく息を吐こうとした僕の唇を彼の唇が塞ぐ。僕たちは互いに荒い息を整える時間を惜しむかのように、汗ばむ身体を抱き締め合い、唇を合わせ続けた。

次第に空が白んでくる。リビングのソファで桐生に抱かれたまま、うつらうつらとしていた僕はその明るさにようやく目覚め、顔を上げて窓の外を見やった。

まだ陽が昇る前の臨海の風景は、夜通し灯されていたネオンの明かりが朝靄《あさもや》に霞《かす》み、どこか幻想的な趣を見せている。

「……ベッドに戻るか」

僕が目覚めた気配を察し、桐生が僕の髪を撫でながらそう囁きかけてきた。

「……うん……」

頷きかけたそのとき、僕の視界に一筋の光が——東京湾から昇りかけた朝陽の光が飛び込んできた。

「あ……」

思わず小さく声を上げると、桐生も窓の外へと視線を向ける。

「……日の出か……」

桐生は小さく呟いたあと、僕の髪に顔を埋めてきた。

一筋だった陽の光が、次第に幾筋にも広がり、やがて太陽が海面からその姿を現しはじめる。

「桐生……」

昇りゆく太陽を見つめながら、僕は誰より愛しい人の名前を呼んだ。

「ん？」

桐生が物憂《ものう》げな声で答え、僕の背を抱き寄せる。

「ここで暮らしても……いいかな」

桐生の手が一瞬僕の背中で止まった。が、すぐにその手は力強く僕の身体を彼の胸へと抱き寄せると、息ができないくらいの強い力で僕を抱き締めてきた。

「……待たせすぎだ」

苦笑する彼の唇が僕のそれへと落ちてくる。激しく互いの唇を求め合いながら、僕は彼が抱き締めてくれるのと同じくらい強い力で彼の背を抱き締め返した。

昇る朝陽が二人の身体を照らし始めても尚、僕たちは唇を重ね続けた。

翌朝

目が覚めたとき、隣で寝ていたはずの桐生《きりゅう》の姿は既《すで》になかった。枕もとの時計に目をやると十一時——流石《さすが》に寝すぎたかな、と思いながら僕はベッドの下に落ちていたTシャツとトランクスを身につけ、気怠《けだる》い身体《からだ》を引き摺《ず》るようにして寝室を出た。

リビングに桐生はいなかった。シャワーかな、と思ったが浴室にもいない。彼の姿を捜さなければいけない理由もなかったが、昨日の今日——というか、今朝の今日、か——ということもあり、朝から彼の顔を見たくもあって、僕は彼が仕事部屋にしている部屋のドアをノックした。

「起きたのか？」

かちゃ、とドアを開けると桐生は既に着替えて机に向かっていた。パソコンで何か書類を作成しているらしい。

「おはよう」

本当に彼の体力はどこからくるんだろうと思う。そっとその端整な横顔を斜め後ろから盗み見ながら、この時間に「おはよう」でもないか、と僕は言った傍《そば》から首を竦《すく》めた。

「おはよう」

桐生は一瞬手を止めると振り返り、僕の首に手を伸ばして頭を引き寄せると、軽く唇を重ねてきた。そして僕が一瞬のことに驚いて目を見開いているうちに唇を離すと、

「ちょっと待ってろ」

と言ったきり、またパソコンへと向かってしまった。速いスピードでキーを叩《たた》く音が再び室内に響き始める。

「……コーヒーでも淹《い》れようか？」

彼の背中から漂ってくる『邪魔するな』オーラに圧倒されながら僕がそう尋ねると、

「今はいい」

そんなつれない返事が返ってきた。僕は少しの間、ぼんやりと彼の背後に立って彼が打ち出す英文のワープロ画面を見ていたが、ここにいること自体が桐生の邪魔になるんじゃないかとようやく気づいて、

「頑張ってな」

それこそ邪魔にならないような小さな声で言ったあと、そっと部屋を抜け出した。シャワーを浴びようかな、と思ったがなんだか怠くて、僕はダイニングの椅子《いす》に座ると、はあ、と溜《た》め息《いき》をつきテーブルに顔を伏せた。

『ここで暮らしても……いいかな』

日の出とともに彼に囁《ささや》いてしまってから、まだ数時間しか経《た》ってない。一緒に暮らす――自分から言い出したことだけれど、本当に一緒に暮らすことになるなんて、なんだか我ながら信じられなくなってきた。

彼を愛しく思う気持ちが、少しでも彼との時間を共有したいと思う気持ちが、僕にその言

葉を言う勇気をくれたのだったけれど、実際一緒に暮らすとなると、考えなければならないことが山のようにあるということに、愚かな話だが僕は少しも気づいていなかった。

まず、家賃はどうしたらいいんだろう。こんな築地の一等地にある広々としたマンションの家賃は僕の給料より高いくらいかもしれない。

そして生活費は？　食事は僕が作るべきだろうか。掃除や洗濯は？

何より——桐生は、他人と暮らす、ということに我慢ができるだろうか、という考えが、僕を急速に不安にさせていった。

『今はいい』

そっけないあの応対に他意はなかったと思う。が、今まで一人で自由気ままに暮らしていた中に、僕という他人が入り込むことに、桐生はそのうち耐えられなくなるんじゃないだろうか——。

はあ、と再び大きく溜め息をついてしまったとき、カチャ、とドアが開く音とともに桐生が部屋から出てくる姿が目の端に映った。慌てて身体を起こした僕に向かい、大股《おおまた》で近づいてきた桐生は、

「なんだ、まだ寝足りないのか？」

と笑って、僕の髪をくしゃ、とかきまぜた。

「いや、大丈夫」

愚図愚図《ぐずぐず》と女々《めめ》しいことを考えていたことが恥ずかしくなり、思わず彼から目を逸《そ》らせてしまったのだったが、桐生はそんな僕の顎《あご》を捕らえると自分の方へと顔を向けさせ、微《かす》かに眉《まゆ》を顰《ひそ》めながら真っ直ぐに僕の顔を見下ろしてきた。

「大丈夫、って顔じゃないな」

「大丈夫だよ」

カラ元気といわれそうなくらいに明るい声を出すと、

「ふぅん」

桐生は僕をじっと見下ろしていたが、やがて、

「ま、いいか」

と笑うと僕の顎から手を離し、その手で僕の背を叩いた。

「ホントに『大丈夫』なら、とっととシャワー浴びて来い。出かけるぞ」

「出かける？」

思いもよらない彼の言葉に驚いて問い返すと、桐生は僕の正面に腰掛け、肩を竦めてみせた。

「あれだけ急いで出張報告を仕上げたのは何のためだと思ってるんだ」

「え？」

さっきの英文のレポートのことか、と察しながらも僕が阿呆《あほう》のように間抜けな声で問い返

すと、桐生は一瞬照れたような微笑を浮かべ、僕を見た。

「必要なものを買いに行こう――お前がここで暮らすのに、な」

「え……」

絶句してしまったのは驚いたからだけじゃない。どきん、と胸の鼓動が高鳴ったと同時に、なんともいえない思いが胸に広がり、涙さえこみ上げてきてしまったからだ。そんな僕に桐生は、

「デスクはいるだろ？　それからそうだな……クローゼットは余裕があるから一緒に使えばいいし、食器もだいたい二組は揃《そろ》っているし……ま、とりあえずは家具屋でも覗《のぞ》いてみようぜ」

あまりにも優しい眼差《まなざ》しでそう笑いかけると、目で僕を促した。

「ほら、早くシャワー浴びて来いって」

「……うん」

言葉が少しも出てこない。先ほどまで僕の心を占めていた、彼との同居に対する不安な思いが一気に消し飛んでゆくのが、自分でもなんだか可笑《おか》しかった。

少なくとも桐生は、僕との同居を、二人で暮らすことを、こんなにも楽しみにしてくれている。

「十分で出かけるぞ」

背中にそう声をかけられ、

「無理！」

と反射的に答えながら振り返った僕の目に映る、桐生の笑顔が眩《まぶ》しかった。

「じゃあ十五分」

「せめて二十分」

「ネゴるな」

これからこんな二人の会話が『日常』になる。

「じゃあ十八分」

「だからネゴるなって」

なんだかたまらなく幸せな気分が込み上げてきて、僕は自然と緩んでしまう頬《ほお》を押さえ、浴室へと駆け込んだのだった。

departure

「桐生隆志《きりゅうたかし》様ですね」

ゲートのかなり手前でグランドホステスが俺の姿を認め、息を切らせて駆け寄ってきた。離陸予定時刻まで五分を切っているのだから、彼女が慌てるのも無理のない話だ。

「失敬」

「いえ、お待ちしていました」

それでも尚《なお》、笑顔で応対するのは国内随一を誇る航空会社の教育の賜《たまもの》だろう。頭が下がるな、などと普段なら思いもしないだろうことを考えながら、早足の彼女の後についてゲートを潜り、ほぼ先頭の席へと向かった。十五席あるファーストクラスは今日は五席しか埋まっていない。彼らの非難の視線をいっせいに浴びながら席につき、シートベルトを締めたと同時に飛行機がゆっくりと動き始める。

ちらと見やった窓の外、見送りのデッキに見えるわけもない彼の姿をいつの間にか捜している自分に気付き、俺は一人苦笑するとブラインドを下ろした。

『桐生！』

名を呼ばれ、その姿が眼に入った瞬間、一気に頭に血が上るような感覚に俺は陥った。全身の血液が逆流する、というのはああいう状態をいうのだろう。未《いま》だかつてこれほどまでに動揺を感じたことがなかったということに気付いたのは彼を腕に抱いたあとだった。思考がストップしてくれて助かった。普段の俺であったなら、あの彼の姿に逆上し、何を言ってしまっていたかわかったものではなかったからだ。

『何もなかった』

必死の形相《ぎょうそう》で告げた彼の黒い瞳——涙で潤《うる》む瞳の中に、俺は呆然《ぼうぜん》としている自分の顔を認め、初めて我に返ったのだった。

何もないわけがない。昨夜、部屋に戻って来なかったという事実だけでも『何か』があったのではと案じてはいたが、実際俺の前に現れた彼の姿を見て、『何もない』などと思えるわけがなかった。

殴られたあとも痛々しい顔といい、乱れた着衣といい、泣き腫《は》らした目といい——一体何があったのだ、と問い詰めたい衝動を抑え込ませたのは、一つは彼の涙であり、もう一つはあの男の——彼を空港まで送ってきたという、あの男の姿を見送り客の中に見つけたからだった。

『長瀬《ながせ》のことは任せろ』

凜《りん》とした声で言い放ったあの男の顔を見た瞬間、再び俺は、『全身の血が逆流する』気分を味わった。なぜこいつがここにいる——怒りのままに口を開こうとした俺を、制したのは腕の中にいる彼だった。

そのことがどれだけ俺の苛立《いらだ》ちを煽《あお》ったか——この先も多分彼が悟ることはないだろう。

一体何があったのか、彼の身体を、その心を傷つけたのは誰なのか——抑えられない憤りが俺の胸に満ちていたが、何より俺が憤りを感じていたのは、傷ついた彼に最初に手を差し伸べたのが、自分ではなかった、という事実だった。

彼を全霊をかけて庇護《ひご》しようとでもするかのようなあの男の真摯《しんし》な眼差《まなざ》しに対する対抗心が、傷ついている彼を尚更に傷つけることになる追及を俺に思いとどまらせたと思えば、あの男に感謝すべきなのかもしれない——。

ふとそんなことを考えている自分に俺はまた苦笑し、再びブラインドを開け外を見た。わざわざブラインドを閉めたのは、見ることの適わぬ彼の姿の傍《かたわ》らに佇《たたず》むあの男の姿を見たくなかったからだと、今更のように気付いてしまったからだ。

飛行機はゆっくりと滑走路へ向かって進んでいる。芝の緑が疲れた目に心地よい。一泊三日とは我ながら無理をしたものだ、と、シートに身体《からだ》を埋《うず》めながら、俺は低く溜め息をついた。

眼を閉じれば浮かんでくるのは、彼の顔——必死の形相で『何もなかった』と告げる、あの黒い瞳——。

彼の言う『何もなかった』の意味は、わからないでもなかった。

そして多分、それは嘘偽《うそいつわ》りなどではないのだろう。俺に信じて欲しいと全身全霊をかけて訴えていた、彼の言葉を疑いたくはなかったし、疑うつもりもなかった。

否、たとえ『何か』があったとしても、彼が『なかった』と俺に信じて欲しいと思っているのであれば――と俺は考え、そこまで人間が出来ているわけではないか、とまた一人苦笑した。

今頃彼は、空港をあとにしただろうか――ようやく離陸の順番がきたらしく、一気に加速が早まり轟音《ごうおん》が響く中、俺は腕組みをして目を閉じた。ニューヨークに到着した途端に、仕事に忙殺されるのは目に見えている。機内で身体を休めておかなければこの一週間辛《つら》いだろうと思ったからだ。

一向に眠気は襲ってこなかったが、そのうち客室乗務員が飲み物を勧めにくるだろう。まさか自分が眠りにつくのに酒の力を借りるようになろうとは、と俺は自嘲《じちょう》に顔を歪《ゆが》ませると、再び手を伸ばして明るい陽が差し込んでくる窓のブラインドを閉めた。

『何もなかった』

涙に濡《ぬ》れる黒い瞳が、俺を食い入るように見つめている。

何かがあった、ということを気にしているわけではなかった。あれほど傷つき、肩を震わせ泣いていた彼を残して来ざるを得なかったことがどうにもやりきれない、それだけだった。

アメリカでの仕事も、会社も何もかもを捨てて、あの細い肩を抱き締め続けてやればよかった――できもしないことを悔やんでいる自分に俺が今日何度目かの自嘲の笑みを漏《も》らしたとき、ポン、とシートベルト着用のサインが消え、ざわめきが機内に溢《あふ》れ始めた。

「ワインはいかがですか」

にっこりと微笑《ほほえ》みかけてくる客室乗務員に片手をふって断ると、俺は鞄からモバイルを取り出し電源を入れた。

一日でも早く帰国の途に着こう——過ぎたことを悔やむのは、どうやら俺の性には合わないらしい。

「待ってろ」

小さく呟《つぶや》いたとき、想像の中の彼の——長瀬の泣き顔が、少しだけ微笑んだような気がした。

直《す》ぐにでも抱き寄せたいその顔を思いながら、俺はモバイルのキーを勢いよく叩《たた》き始めた。

日々是好日

桐生《きりゅう》と一緒に暮らし始めて、今日でちょうど十日目になる。

あれだけ同居に対し、二の足を踏んでいた僕だが、なぜああも躊躇《ためら》ってしまったのだろうと思うくらいに、彼との共同生活は快適だった。

こんなことを言うと、何をうぬぼれているんだかと揶揄《やゆ》されるかもしれないが、桐生は最初から彼の住居に僕用の空間を用意してくれていたようなのだ。

今まで何度も「一緒に暮らそう」と誘われてはいたけれど、実際に彼がこうも準備をしてくれていたことまでは考えていなかった。

同居したい、と申し出はしたものの僕は、それでも準備には少し時間がかかるだろうな、と思っていた。僕は寮暮らしだったので、実家からそう物を運び入れることができるわけもなく、荷物はいたってコンパクトだったが、それでもそれまで一人で暮らしていたところに、まるまるもう一人分のモノが増えるのである。クローゼットには余裕がありそうだったから共用してもいいだろうが、荷物は衣類ばかりじゃない。居候の身ではあるが、色々買い足さないといけないだろうな、とも思っていたし、図々しい話だが、僕が生活するための空間も部屋のどこかに作ってもらいたいなとも考えていた。

引っ越してくる前にマンションを片付け、買い足した家具を運び入れるのに、一、二週間はかかるだろうという僕の読みは、世間一般的にはまあ、妥当だったと思う。

が、桐生は『世間一般』な男ではなかった。

僕が『ここで暮らしてもいいかな』と言ったその翌日に、彼は僕がここで暮らすための家具を買いに行こうと言い、今まで入ったことのない部屋へと僕を導いた。

「この部屋を使うといい」

「え？」

その部屋は桐生が前に『荷物置き場にしている』と言っていた部屋だった。桐生のマンションは3LDKで、僕はLDKと彼の寝室、それに仕事部屋には入ったことがあったが、その部屋のドアを開けたことはなかった。

桐生が不在のときにマンションを訪れることもよくあったし、何より彼に留守番を頼まれたこともあったのだが、主がいないのに勝手にあれこれと部屋に入るのもマズいと遠慮していたのだ。

このマンションは桐生の会社が彼のために借りているものなのだが、なんと至れり尽くせりなことに、ハウスキーパーと契約しているとのことで自分で掃除をする必要がない。

それで僕は留守番を頼まれたときも、リビングと寝室くらいにしか足を踏み入れなかったのだが、それだけに桐生が扉を開いて初めて見せてくれた彼の『荷物置き場』を覗《のぞ》き込んだとき、僕は驚きのあまり大きな声を上げてしまったのだった。

「これは……」

そこは『荷物』など一つもない、がらんとした空間だった。荷物置き場じゃなかったのか、と振り返った僕の前で、桐生がにっと笑う。

「ブラインドが気に入らなかったら変えればいい」

「桐生、あの……」

まさか——まさか彼は、僕のためにこの部屋を空けていてくれたんだろうか、と聞きたかったが、なんだか自意識過剰な気がして、喉元《のどもと》まで込み上げてきたその言葉を飲み下した。

「広さはだいたいわかったか？」

「う、うん……」

いつもであれば、桐生は僕が何か言いかけ途中でやめると、『なんだ』と眉間《みけん》に皺《しわ》を寄せて問いかけてくる。だが、今回に限って彼が気づかぬふりを通しているのは、僕が何を問いたいのか、わかりきってるためだろう。

それだけじゃない、見上げた桐生の頰《ほお》には、微《かす》かだが朱が走っていた。もしかしたら彼自身、こうして同居に向け準備万端整えていたことを少し照れているのかも、と思ったら僕までなんだかくすぐったい気持ちになってしまい、自然と頰が緩んできた。

「それじゃ、行こう」

桐生が少しぶっきらぼうな口調でそう言い、僕の背を促す。

「うん」

やっぱり照れているのかな、と思うとますます僕の頰は緩んでしまったのだが、気づいた桐生は何も言わずに軽く僕の頭を小突いてきて、そのことにもまた僕は思わず笑ってしまったのだった。


その後、僕たちは桐生の運転するＢＭＷで有明の大型家具店へと向かった。桐生はそこで僕の仕事机を見繕ってくれ、その足で僕たちはブランチでも取ろうとお台場を目指した。

「生活していくうちに、必要なものは追々揃《そろ》えていけばいいさ」

仕事机以外に、これといったものが僕も桐生も思いつかず、早々に買い物を終えてしまったことに対し、桐生はそう肩を竦《すく》めてみせたが、僕らが『思いつかなかった』のは桐生の心《こころ》遣《づか》いの賜《たまもの》ともいえた。

食器は二人分揃っているし、ベッドは二人で寝るためのキングサイズだ。タオルも、バスローブも、僕が頻繁に泊まっているせいか、すでに二人分用意してあり、無理やり捻《ひね》り出そうとしても、新規に必要となるものはなかなか頭に浮かばなかった。

お台場ではデックス東京ビーチのテラス席で食事を取ったのだが、混雑した店内で桐生は女性客の注目を集めまくっていた。そういえばかつて彼とは同じ合コンに何度か行ったことがあるのだが、そのときにも相手の女性たちの視線は百パーセント桐生に注がれているという、いわゆる「総ざらい」状態になり、男性参加者全員を敵に回したものだった。

まあ、これだけビジュアルがいい男はそうそういないし、その上桐生はビジュアルだけでなくバックグラウンドも完璧《かんぺき》だ。一昔――いや、二昔くらい前の表現になるが、学歴は東大理系院卒、身長は百八十センチ超、収入は推定年収八桁《けた》という、どれも最上級の『三高』である。もてないわけがないと、頭ではわかっているのだけれど、実際にこうして女性たちの視線を集めている状況に置かれてみると、やっぱりあまり面白くはないな、と密《ひそ》かに溜《た》め息《いき》をついた僕の目の前、あまりに近いところに桐生の顔が不意に現れたものだから、僕はびっくりして反射的に身体《からだ》を引いてしまった。

「なんだよ」

途端に桐生がむっとした顔になり、手を伸ばして僕の腕を摑《つか》む。

「あ、ごめん。ちょっとびっくりして……なに？」

「お前こそ、何を一人でぼんやり考え込んでいたんだ？」

言い訳する僕に桐生が、ますます不機嫌そうに問いかけてくる。『一人で』という単語を強調され、確かにこうして二人で出かけているのに『一人で』ぼんやりするなど、相手に対して失礼だったな、と気づいた僕は「ごめん」と桐生に詫《わ》びた。

「で？　何を考えていた？」

妥協が嫌いな桐生は、自分が発した問いが流されるのを好まない。納得する回答を得るまで相手をとことん追い詰める。僕も今までの経験上、恥ずかしいから、若しくは言いづらいから黙っていよう、と思っていても、結局は白状させられてしまうことになるのだということはいやというほどわかっていたので、照れくさくはあったが誤魔化《ごまか》しはやめ、早々に白状することにした。

「……いや、みんな桐生のことを見ているな、と思って」

「…………」

僕の答えを聞き、桐生は少し驚いたように目を見開くと、やがてにやり、と笑い、僕に端整なその顔を寄せてきた。

「『みんな』というのは誰だ？」

「……わかってるんだろうに」

『みんな』というのはこの場にいる女性たちのことで、僕は彼女たちに対してジェラシーを感じているのだ、ということを、わざわざ僕自身の口から語らせようとする意地の悪さを睨《にら》んで責めると、

「さあ？　少しもわからないけどな」

桐生はわざとらしくとぼけてみせ、またもにやりと笑って僕の顔を覗き込む。

「……まったく」

これは言うまで解放されない、と僕は悟り、渋々桐生の望むとおりの言葉を告げてやった。

「……前に、一緒に合コン出たときのことを思い出してたんだよ。今日もだけど、桐生は女の子たちの視線を一身に集めていたな、とか、そのたびにお持ち帰りをしてたんだよな、とか」

「一緒に合コンって、随分古い話を……」

桐生がぷっと噴き出したのは、どうやら僕がそんな懐かしい話まで持ち出すとは予想していなかったかららしい。

桐生は『総ざらい』が祟《たた》って、合コン幹事からお呼びがさっぱりかからなくなり、僕は僕で、その場が楽しければそれでいい、という合コンの雰囲気自体が好きじゃないため、新入社員の頃は、人数合わせにときどき強制的に参加させられていたが、二年目以降はほとんど合コンをしたことがない。

初対面の女の子と、その場限りの話をして盛り上がる。そんな暇があったら、会社で山積みの仕事を片付けていたほうがマシである――合コン好きの友人や先輩からは『達観しすぎ』『何が楽しくてサラリーマンやってるんだ』という非難の声が上がりそうだが、それはさておき、そうなると僕が桐生と合コンに同席したのは今から軽く三年は前ということで、そんな昔のことを持ち出すとは確かに執念深すぎるか、と改めて気づいた僕は慌てて、にやにや笑いですっかり相好《そうごう》を崩していた桐生に対し言い訳をし始めた。

「……久々にこんな人の多い場所に桐生と来たから、相変わらずモテるな、と改めて実感したっていうかなんていうか、それで合コンを思い出しただけで、そんな、しつこく覚えていたってわけじゃ……」

「まあ、いいけどな」

最後しどろもどろになってしまった僕に対する温情か、桐生は笑って立ち上がると伝票を手に「行くか」と僕を促した。

「ありがとうございました」

桐生は常に、ごく自然に僕の分まで支払いを済ませる。自分の分くらいは自分で出すと言っても、「気にするな」で片付けられてしまうのだが、今回も彼はいつもどおり、二人分をレジで支払ってしまった。

「ありがとうございましたあ」

レジの女性があからさまなほどに媚《こ》びた視線を桐生に注いでいる。そういや合コンで桐生に『お持ち帰り』される女性も、あからさまにアピールしていたな、とまた懐かしいことを思い出してしまっていた僕を桐生が「行くぞ」と振り返る。

「あ、うん」

「またぼんやりしてただろ」

僕がはっと我に返ったのを桐生は正確に見抜くと、バツの悪さから俯《うつむ》いた僕の肩を抱き、耳元に囁《ささや》いてきた。

「もしかしてまた、懐かしいことを思い出してたんじゃないだろうな？」

「仕方ないじゃないか」

そこまでお見通しなら、もういいか、と僕は開き直ることにし、桐生をじろ、と睨んだ。

「何が仕方ない？」

「合コンの度にお持ち帰りしてたのは誰だよ」

嫌味の一つも言わせてもらおう、と、それこそ『懐かしい』ことを持ち出した僕の言葉に動じる素振りも見せず——僕としては相当嫌味を言ったつもりだったにもかかわらず、だ——桐生は僕の肩を抱いたまま、さらりとこう言ってのけた。

「持ち帰りはしたが、ほとんど寝てはいないぜ？」

「…………」

またまた、と思わず突っ込みそうになったのを察したのか「本当さ」と桐生は苦笑すると、またもさらりと、今度こそ僕に突っ込みを入れさせるような言葉を口にした。

「セックスはそれほど好きじゃなかったからな」

「え？　桐生が？」

コンマ二秒くらいで突っ込んだ僕に、桐生が珍しく声を上げて笑い、そんな彼に周囲の注目が集まる。

「悪い」

桐生も視線は感じたようで、くすくす笑いながら片目を瞑《つぶ》ってみせたあと、

「酷《ひど》い言いようだな」

と、僕を睨む真似をした。

「いや、だって……」

あれだけ毎夜、絶倫ぶりを見せつけられているのに、『セックスが好きじゃない』と言われても、説得力の欠片《かけら》もないんだけれど、という僕の主張は、言うより前に桐生には伝わっていた。

「だから言っただろ？『好きじゃなかった』って」

「過去形？」

またも速攻突っ込んだ僕に桐生は苦笑し「ああ」と頷《うなず》くと、そんな馬鹿《ばか》な、と疑いの目を向けていた僕の肩をぐっと抱き寄せ、耳元に囁いてきた。

「信用されてないようだが、本当のことさ。何より、たいていの女は怒って帰ってたんだから」

「怒って？」

うっとりした目をし、桐生の腕にしがみついていた彼女たちが——本当に自分でもよく覚えているものだと感心してしまう——怒って帰るような何を桐生はしていたのか、と疑問を覚え尋ねると、桐生は僕が想像もしていなかった答えを返し、驚きの声を上げさせた。

「ああ、ソッチがコンドームの用意をするなら、ホテルに付き合ってやってもいいと言ったら、たいがいの女は怒って帰ったものさ」

「えー!?」

そんなことを言ってたのか、と驚きのあまり僕が大声を上げてしまったせいで、またも僕たちは周囲の注目を集めることとなった。桐生はちら、と周囲を見回したあと、

「誘ったのは女からなんだから、当然だと思うが?」

そんなに驚くことか、と目を見開き顔を覗き込んでくる。僕は驚き呆《あき》れ、すっかり言葉を失ってしまった。

「打率でいえば一割もなかったぞ」

「……今更、凄《すご》い話をありがとう」

それ以外に言う台詞《せりふ》がなく、ぼそりと呟《つぶや》いた僕に桐生は、

「今日のお前は面白すぎるぞ」

またも声を上げて笑い、せっかく散りかけた周囲の注意を引き戻したのだった。

食事のあと、桐生は僕を寮まで送ってくれた。

道を渡った反対側に車を停《と》め、桐生が僕に問いかけてくる。

「手伝おうか？」

「いや、大丈夫。そんなに荷物ないし」

会社を辞めた自分が寮に入ることを躊躇《ちゅうちょ》したというよりは、僕と一緒にいるところを――しかも、寮から荷物を運び出そうとしているところを人に見られるのを、彼は気にしてくれたようだった。

だからこそ、車を寮の車寄せに着けずに、少し離れたところに停めたのだろう。桐生と僕が一緒にいるところを誰かに見られ、それが回り回って野島《のじま》課長の耳にでも入ったらちょっと困ったことになる――という僕の心情を、言うより前に桐生は理解してくれている。

桐生が僕たちの関係を、誰に隠すことなく堂々としているのに反し、僕は、彼との関係をつい隠そうとしてしまう。

特に野島課長には――僕が桐生に強姦《ごうかん》された被害者だと信じ、色々と気遣ってくれる課長には、できることなら二人の関係を、『噂《うわさ》』という形では知られたくなかった。

同じ伝わるのなら、自分の口から伝えたいから――というのは、単に真実を告げることを先送りにしているだけのいわば言い訳であり、自分のそんな臆病《おくびょう》で卑怯《ひきょう》なところには自己嫌悪に陥らずにいられない。

だが嫌悪しつつも、それなら堂々と胸を張れるかと言われると、途端に背を丸めてしまう、そんな僕を桐生は責めるでもなく、軽蔑《けいべつ》するでもなく、嫌悪することもなく見守ってくれている。有難《ありがた》いと思い、嬉しいと思う、それだけに僕も早く二人の関係に対し周囲に胸を張れるようになりたいと思いつつも、勇気を持てずにいるというループに常に陥ってしまっていた。

今だって桐生に「荷物を運ぶの、手伝ってほしい」と言えば、彼は喜ぶに違いないのだ。それがわかっていながらにして「ちょっと行ってくる」と断り車を降りる僕はつくづく、勇気も侠気《きょうき》もない男なのだった。

休日の午後、寮にはあまり人が残っていなかった。当面着用する衣服はもう、留守番用に運んである。室内にあるすべての荷物を運ぶとなると、なん往復もしなければならなくなりそうで、あまり長いこと桐生を待たせるのも悪いし、当座の生活に使うであろうものだけをスポーツバッグに詰め、残りはおいおい取りに来ることにして僕は寮の部屋を出た。

「それだけか？」

桐生は僕の荷物を見て、少し拍子抜けした顔になったが、「うん」と僕が頷くと深く追及することなく、車を発進させた。

「久々に来た。こんな遠いところからよく通ったもんだ」

高速の入り口に向かいながら、桐生がぽつりとそんな言葉を呟く。

「……そうだね……」

頷く僕の脳裏に、かつて桐生と二人して深夜にタクシーで帰った、あの頃のことが蘇《よみがえ》った。

残業中、オフィスが無人になると桐生に手を引かれ、会議室へと連れ込まれる。強引に抱かれたあと、既に電車もない時間ゆえタクシーで帰るのだが、車の中で僕たちはほとんど会話という会話をしなかった。

今もあまり僕たちの間では会話が弾むことはない。現に今この瞬間も車内は沈黙に包まれているが、居心地は決して悪くなかった。

気持ちが通じ合う前は、僕は常に桐生に対してびくびくと怯《おび》えており、一体彼は何を考えているのかと、その表情を窺《うかが》っていた。彼が腕を動かすたびに、びく、と反応してしまい、それがどうやらますます不興を買っていたようなのだが、今はお互い何も喋《しゃべ》らなくても、沈黙があまり気にならなくなった。

変わったなあ、と思う僕の口から、なんとなく溜《た》め息《いき》が漏《も》れる。

「どうした？」

耳ざとく聞きつけた桐生が、ちら、と助手席の僕を見た。

「いや、なんとなく……懐かしいな、と思って」

「………」

上手い言葉が見つからず、頭に浮かんだままを言うと、桐生はまた、ちら、と僕を見たあと、唇を歪《ゆが》めるようにして微笑《ほほえ》んだ。

「ああ、懐かしいな」

苦笑としかいいようのない笑みを浮かべた彼は、共に車で帰りながらも、ぎこちない沈黙を持て余していた当時のことを思い出したんだろう。

「うん、懐かしい」

頷いた僕の頬に、ちょうど信号待ちで車を停めた桐生の右手が伸びてくる。

「そういやあの頃も一緒に『帰って』はいたんだな」

すっと僕の頬を撫《な》でた桐生の指先は、あの頃とはまるで違う、優しさに満ちたものだった。

擽《くすぐ》ったい、と首を竦めた途端、身を乗り出してきた桐生に唇を塞《ふさ》がれる。

「……ちゃんと前、見ろよ」

危ないよ、と僕が彼の胸を押しやるより前に桐生は身体を起こすと、「わかってる」と笑い、信号を見た。青に変わった途端に急発進する彼の乱暴な運転に、思わず僕の口から苦情が漏れる。

「おい」

「早く家に帰りたくなった。お前もそうだろう？」

アクセルを噴かしながら桐生はそう言い、唇を人差し指で拭《ぬぐ》ってみせた。

「……別に」

セクシーなことこの上ないその仕草に、どき、としてしまったことが照れくさく、わざとそっけなく答えた僕の横で桐生は、すべてお見通しとばかりに意味深に微笑み、尚《なお》もアクセルを踏み込んだ。

帰宅後、荷物――といってもスポーツバッグ一つだが――を部屋に運び込むより前に、僕は桐生にベッドルームへと連れ込まれた。

「きりゅ……っ」

唇を塞がれながらベッドに押し倒され、もどかしげに僕から服を剝《は》ぎ取る彼に身を任せる。

「……あ……」

僕を全裸に剝《む》いたあと、桐生も手早く服を脱ぎ捨て全裸になったのだが、昨夜あれだけ抱き合ったというのに彼の雄は既《すで》に勃《た》ちかけていて、僕は思わず小さく声を上げてしまった。

「なに？」

「……凄《すご》いな、と思って」

つい本音を漏らしてしまった僕の上で、桐生がぷっと噴き出す。今日はいつになくよく笑うところを見ると、相当機嫌がいいんだな、と思っていると、桐生の手が僕の胸へと下りてきて、昨日――今朝、か――弄《いじ》られすぎて紅くなってしまっていた乳首を掌《てのひら》で擦《こす》り上げた。

「やっ……」

じん、と甘い痺《しび》れに襲われ、びく、と僕の身体が震え唇から声が漏れる。

「『凄い』のはお互い様じゃないか」

桐生は意地悪く笑ったあとに、「そんな」と抗議の声を上げようとした僕の胸に顔を埋《うず》めた。

「あっ……やっ……」

乳首を口に含み、きつく吸い上げたあとに舌先で転がすように愛撫《あいぶ》する。もう片方を指先できゅっと摘《つま》み上げられたとき、僕の身体は、先ほどとは比べものにならないくらいに、びくっと大きく震え、口からはかなり大きな声が漏れてしまった。

「やっ……あっ……あぁっ……」

ちら、と桐生が目だけを上げ、微笑んでみせながら、口で、指先で僕の胸を攻め続ける。

昨日からもう、何度達したかわからないくらい、僕らは抱き合い、互いに精を吐き出しまくったというのに、胸への愛撫を受けるうちに身体の奥にはまた熱が籠《こ》もり、肌には汗が滲《にじ》んできた。

「やっ……きりゅう……っ……」

桐生が強く僕の胸を嚙《か》む。強い刺激に、いつしか閉じてしまっていた瞼《まぶた》の裏に閃光《せんこう》が走り、すっかり速まっていた胸の鼓動が更に激しく脈打ち始めた。

「あっ……あぁっ……あっ……」

今度は彼の指先が、僕の乳首を強く抓《つね》り引っ張り上げる。被虐《ひぎゃく》の気はないと思うのだが、こと胸に関しては、痛いくらいの強さで愛撫されるのに弱いらしく、息がすっかり上がり、もう勃たないと思っていた雄が、どくんと大きく脈打った。

「…………」

桐生がまた、ちら、と目を上げてきたのは、僕の雄が次第に形を成してきたのがわかったかららしかった。にや、とまた笑ってみせたが、今の僕に悪態をつく余裕は残っていなかった。

「きりゅ……っ……あっ……」

両方の乳首をそれぞれに舐《ねぶ》られ、嚙まれ、そして抓り上げられる愛撫は、飽きることを知らないように延々と続き、僕の息を上げさせ、雄を勃起《ぼっき》させていく。己の鼓動の音がわんわんと頭の中で響き渡るうちに、ただでさえ低下していた思考はますます働かなくなり、何も考えられなくなってくる。

「やっ……なんで……っ……あっ……あっ……」

思考力が落ちると同時に理性が吹っ飛ぶようで、女の子じゃあるまいし、喘《あえ》ぎまくるのは恥ずかしいと抑えていた声が高くなり、言葉が直接的になる。

興奮状態にある間は、自分が何を叫んでいるのか、正直把握できておらず、たまにふっと我に返ったときに、なんて言葉を発してるんだ、と赤面することも多いのだが、まさに今僕はその状態に陥っていた。

「……なに……？」

桐生が僕の胸から顔を上げ、掠《かす》れた声で問いかけてくる。

「……あっ……」

彼の声音に誘われ、目を開いた途端に桐生と目が合った。それが狙いだったようで桐生は長く舌を出してみせると、ゆっくりと僕の乳首を舐り、もう片方をきゅうっと抓り上げた。

「やぁっ……」

たまらず喘いだ僕の頭の中でまた火花が散り、思考は完全に停止してしまった。血液が全身を駆けめぐり、下肢に向かって一気にドクドクと集結するのが感じられる。

「きりゅ……っ……」

桐生は執拗《しつよう》に胸ばかりを攻め、他の部分に触れようとしない。もどかしさが僕の腰をくねらせ、気づいたときには勃ち上がった雄を桐生の腹へと擦りつけていた。

「…………」

桐生がまた、ちら、と僕を見上げ、ちゅう、と強く胸を吸い上げたあとに、ようやく身体を起こした。

「やっぱりお前もタフじゃないか」

ほら、とどくどくと脈打つ僕の雄を摑み、示してみせる。

「意地悪……っ」

途端に羞恥《しゅうち》の心が戻ってきて、僕はからかってきた桐生を恨みがましく睨んだ。

「ジョークだ」

やはり桐生は相当機嫌がいいらしく、くすくす笑いながら僕の雄を数度扱《しご》くと、身を捩《よじ》らせる僕の両脚を開かせ、先走りの液で濡《ぬ》らしたその指を後ろへとねじ込んできた。

「……んっ……」

昨日、さんざん桐生の雄を咥《くわ》え込んだそこは指の侵入を易々《やすやす》と許し、それどころか早くも熱くわなないて彼の指を締め上げた。

「ふふ」

また桐生が物言いたげに僕を見て笑う。どうせ『やっぱりタフだ』と駄目押しをしたいのだろうとわかるだけに僕はそっぽを向いたのだが、やにわに桐生の指が乱暴なくらいの強さで中をかき回し始めたのに、大きく背を仰《の》け反《ぞ》らせた。

「やっ……あっ……あぁっ……」

戻ってきた羞恥心はあっという間に彼方《かなた》へと失《う》せ、僕は桐生の指の動きに合わせ、激しく腰を揺らしていた。指が二本、三本と増え、尚も乱暴にそこを弄りまくる。下肢から這《は》い上る快感に身を捩らせると、それまで攻められ続けていた両方の乳首がじんじんと甘い痺れを訴え、知らぬまに僕の手は紅く色づく両方のそれへと向かっていた。

「あっ……あぁっ……あっ……」

両掌で乳首をぎゅっと押さえ込む。そのとき、上から桐生がくす、と笑う声が降ってきて、僕を我に返らせた。

「やっ……」

何をやっていたんだ、と慌てて胸から手を退かす。と、いきなり後ろから指が抜かれたかと思うと、激しく収縮するその動きに思わず身を捩った僕の両手に、桐生の腕が伸びてきた。

「続けろよ」

にや、と笑った桐生が僕の手を再び胸へと戻し、ぎゅっと乳首に押しつける。

「……いやだ……」

「イヤじゃないだろ？」

ほら、と桐生は僕が掌を開くまで手を離してくれなかった。後ろのひくつきはますます増し、我慢できなくなってくる。

「桐生……っ」

もどかしさから腰を振り顔を見上げても、「ほら」と笑うばかりで、動こうとしない彼に焦《じ》れ、僕は仕方なく手を開き、再び自分の乳首を覆《おお》った。

「自分で弄ってみろよ」

ようやく僕の手を離した桐生が、僕の両脚を抱え上げながら命じる。

「う……」

そんなにじっと見られているのに、自分で自分の胸を触るなんて恥ずかしいこと、できるわけがない――はずなのに、「さあ」と再度促されたときには僕は掌で自身の胸を擦り上げていた。

「…………」

桐生がよし、というように頷くと、既に勃ちきっていた彼の雄を後ろへとねじ込んでくる。一気に貫かれたあと激しい律動が始まり、かろうじて保たれていた僕の意識はあっという間に快楽の淵《ふち》へと飲み込まれてしまった。

「あっ……はぁっ……あっ……あっ……あっ……」

二人の下肢がぶつかり合うときにパンパンと高い音が立つほどの力強い律動に、ずり上がりそうになる僕の身体を桐生は抱え上げた両脚を引き戻して制し、尚も奥を抉《えぐ》ってくる。

「あぁっ……やっ……もうっ……あっ……」

朦朧《もうろう》となる意識の下、自身の手が両方の乳首を何度も強く擦り上げ、享受する快感を増幅させていることに僕はたまらない羞恥を感じながらも、手を止めることができずにいた。

はしたない、と思えば思うほど昂《たか》まる自分を感じる。桐生が見ていると思うと快感はより深まった。

「やっ……見ないで……っ……あっ……あっ……」

自分でも空々しいと思う『見ないでくれ』は、桐生の耳にも同じく空々しく響いたようで、くす、と笑うと一段と腰の律動を速めながら、わざと少し身体を落とし、じっと僕を見つめてくる。

「やぁっ……もうっ……あっ……あっ……あっ」

彼の視線に、奥深いところへの突き上げに、自分の手で擦り上げる胸への刺激に、ついに僕は耐えられず、一足先に達してしまった。

「あーっ」

「……っ」

射精を受けて後ろが激しく収縮し、桐生の雄を締め上げるのに、桐生も達したようで、微かに眉《まゆ》を顰《ひそ》めたあと、抱えていた僕の両脚を離した。

「……あ……」

彼の手が、大きく上下していた僕の胸の上に未だに残っていた手を握る。途端に、今まで僕はなんてことをしてたんだと恥ずかしさが込み上げてきて、堪《たま》らず桐生の手を振り払い、両手で顔を覆った。

「今更恥ずかしがられても」

桐生が苦笑する声が頭の上で響き、彼の手が僕の手首を摑んで強引に顔から外させる。ど

れだけ意地悪な顔をしているんだろうと思いつつ見やった彼の顔には優しげな笑みが浮かんでいて、言っちゃ悪いが意外だな、と僕は思わずまじまじと桐生を見上げてしまった。

「なんだよ」

少しむっとした顔にはなったが、桐生の目には相変わらず優しげな光が宿っている。汗で額に張り付く僕の髪をかき上げるその指の感触も酷く優しくて、無意識のうちに僕はその手を摑むと指先を唇へと持っていった。

「誘うなよ」

くす、と笑った桐生がゆっくりと僕へと覆い被《かぶ》さってくる。指先ではなく唇で触れたいとばかりに、キスを求めてきた彼と唇を合わせながら僕は、自分の胸に桐生の瞳に宿っていたような優しく温かな想いが満ちてくるのを感じていた。

一緒に暮らすんだ——今更のようにその実感が湧《わ》き起こり、ますます僕の胸を温かな想いで満たしていく。

一緒に暮らせばまた、共に出かける機会も増えるだろう。休みの日には今日のように外に出かけ、視線を浴びせる女性たちに嫉妬《しっと》しては桐生にからかわれたりして、今まで知らずにいた彼の過去のとんでもない武勇伝？　を聞くこともできる。

共に過ごす時間が長ければ長いだけ共有する思い出は増え、物理的な距離が短ければ短いだけ、二人の心の距離も狭まっていく。

同居を決めてよかった――その想いが合わせた唇から、満足げな溜め息となり零れた。

「……ん？」

微かに唇を離し、問いかけてきた桐生に、なんでもない、と僕は首を横に振ると、彼との新しい毎日に浮き立つ心のままに彼の背を強く抱き寄せ、相変わらず優しげな笑みを浮かべている彼に目を閉じてキスをねだった。

あとがき

はじめまして&こんにちは。愁堂れなです。この度は unison シリーズ第三弾、八冊目のルチル文庫となりました『concerto～協奏曲』をお手に取ってくださり、本当にどうもありがとうございました。

unison シリーズの中でも、個人的に一番盛り上がりを感じていた本作が、皆様にも少しでも気に入っていただけましたら、これほど嬉しいことはありません。

unison シリーズはデビュー前にＨＰで連載していたものなのですが、この concerto の連載時、長瀬のピンチ！　というところで「つづく」にしたところ、びっくりするくらい沢山のメールをいただきました。

ほとんどが「長瀬君、絶対○○れないで！」というものだったのですが、その数が尋常ではなく、一体何が起こっているのかと呆然としたことを懐かしく思い出しました。当時は、我がキャラながら長瀬、愛されているなあと、とても嬉しく思ったものでしたが、今読んでくださってる皆様にも、愛していただけているといいなあと祈っています。

今回もまた、美人なのにとても可愛い表情する長瀬を、鬼畜なのに（笑）ひたすらかっこいい桐生を、そして実は私が一番贔屓にしている（笑）田中を、めちゃめちゃ素敵に描いてくださいました水名瀬雅良先生に、この場をお借りいたしまして心より御礼申し上げます。カラーの美しさにぼうっとなり、モノクロの素敵さに狂喜乱舞いたしました。長瀬が泣いていると酷く萌える自分がいます（照）。勿論幸せそうな顔も、桐生に甘える顔も大好きです。愛しそうに長瀬を見つめる桐生を見ていると私まで幸せな気持ちになります。

お忙しい中、今回も本当に素晴らしいイラストをどうもありがとうございました。これからもどうぞよろしくお願い申し上げます。

また、今回も担当のO様には大変お世話になりました。これからも頑張りますので何卒よろしくお願い申し上げます。

最後に何より、この本をお手に取ってくださいました皆様に、心より御礼申し上げます。シリーズ第三弾、いかがでしたでしょうか。よろしかったらどうぞお読みになられたご感想をお聞かせくださいね。お待ちしています！

ここで近況を少し。最近、歌舞伎を見る楽しさに目覚め、月に一度観に行くようになりました。前からミュージカルなどの舞台を見るのは好きだったのですが、歌舞伎はなんだか敷居が高い……と尻込みしてしまっていたのです。

イヤホンガイドのおかげでほとんど知識がなくても楽しめることがわかってからは、身構えることなく通えるようになりました。まだまだ初心者ですので、お薦めの公演がありましたら教えてくださいね。

舞台といえばこの秋にはまた『エリザベート』の公演がありますので、そちらもとても楽しみです。他にも最近、お笑いライブデビューも果たしました（言うまでもありませんが、観に行くほうですよ・笑）。こうして楽しんだものがいつか作品に活かせるといいなと思っています。

次のルチル文庫様でのお仕事は、十一月に罪シリーズをご発行いただける予定です。次回はオール書き下ろしになります。どうぞお楽しみに！

unison シリーズは来年、四冊目をご発行いただける予定です。次は一緒に暮らし始めた二人の初めての共同作業？　花火の日の接待や、何度も二人の間で話題に出ていた夏休みのタヒチ旅行のお話になると思います。こちらもよろしかったらどうぞ、お手に取ってみてくださいね。

また皆様にお目にかかれますことを、切にお祈りしています。

平成二十年八月吉日

愁堂れな

（公式サイト「シャインズ」http://www.r-shuhdoh.com/）

✦初出 Summer vacation……………個人サイト掲載作品（2002年7月）
concerto 協奏曲………………個人サイト掲載作品（2002年7月）
翌朝………………………………個人サイト掲載作品（2002年7月）
departure…………………………同人誌掲載作品（2003年8月）
日々是好日…………………………書き下ろし

愁堂れな先生、水名瀬雅良先生へのお便り、本作品に関するご意見、ご感想などは
〒151-0051 東京都渋谷区千駄ヶ谷4-9-7
幻冬舎コミックス ルチル文庫「concerto 協奏曲」係まで。

幻冬舎ルチル文庫

concerto 協奏曲

2008年9月20日 第1刷発行

✦著者 愁堂れな しゅうどう れな

✦発行人 伊藤嘉彦

✦発行元 株式会社 幻冬舎コミックス
〒151-0051 東京都渋谷区千駄ヶ谷4-9-7
電話 03(5411)6432［編集］

✦発売元 株式会社 幻冬舎
〒151-0051 東京都渋谷区千駄ヶ谷4-9-7
電話 03(5411)6222［営業］
振替 00120-8-767643

✦印刷・製本所 中央精版印刷株式会社

✦検印廃止

ISBN978-4-344-81440-0 C0193 Printed in Japan

幻冬舎コミックスホームページ http://www.gentosha-comics.net

［罪な回想］
愁堂れな
イラスト
陸裕千景子
620円(本体価格590円)
田宮吾郎が警視庁のエリート警視・高梨良平と付き合うきっかけとなった親友・里見の事件から半年以上経つ。田宮のことを「ヨメさん」と惚気る高梨を暖かく受け入れる部下たちに戸惑いながらも差し入れを持っていく田宮。ある日、高梨は同僚の「新宿サメ」こと納に田宮を紹介する。高梨の「理想の嫁」が男と知り驚く納だったが……!?

【お嬢さま】の忘れかた

ひかりちゃんの夢は偉大な魔女になること。そのためにも、魔女の国の学校で首席の成績を修めなきゃいけないのだ。17歳の誕生日の翌日、いよいよひかりは旅立ちの日を迎え……が、辿り着いた先は、なんと人間の男の子の部屋の中!? 慌てる人間の男の子・泉の前で、ひかりは堂々と宣言する。「しばらくの間、お世話になります」――それが、すべての始まりだった。

イラスト／椿屋

540円（本体価格514円）

幻冬舎コミックス文庫